KB112080

분홍빛 쌍둥이

·I·

분홍빛 쌍둥이 I

발행일	2020년 6월 24일		
지은이	춤의문		
펴낸이	손형국		
펴낸곳	(주)북랩		
편집인	선일영	편집	강대건, 최예은, 최승헌, 김경무, 이예지
디자인	이현수, 한수희, 김민하, 김윤주, 허지혜	제작	박기성, 황동현, 구성우, 권태련
마케팅	김회란, 박진관, 장은별		
출판등록	2004. 12. 1(제2012-000051호)		
주소	서울특별시 금천구 가산디지털 1로 168, 우림라이온스밸리 B동 B113~114호, C동 B101호		
홈페이지	www.book.co.kr		
전화번호	(02)2026-5777	팩스	(02)2026-5747

ISBN	979-11-6539-281-9 03810 (종이책)	979-11-6539-282-6 05810 (전자책)

이 도서의 국립중앙도서관 출판예정도서목록(CIP)은 서지정보유통지원시스템 홈페이지(http://seoji.nl.go.kr)와
국가자료공동목록시스템(http://www.nl.go.kr/kolisnet)에서 이용하실 수 있습니다.
(CIP제어번호: CIP2020025702)

춤의문 장편소설

분홍빛 쌍둥이

·Ⅰ·

북랩 book Lab

목 차

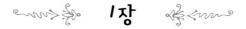

1장

라미가 발견한
어떤 물체

. . .

여기는 라미의 집 거실이다. 라미와 엄마는 지금 실랑이를 벌이고 있다. 내용은 무엇인가? 마트에 따라가고 싶다고 말하는 라미와 오늘은 안 된다고 말하는 엄마. 엄마는 왜 라미가 오늘은 마트에 따라갈 수 없다고 말하고 있는 것일까? 내용을 한번 들어 보자.

엄마: 라미야, 미안하지만 오늘은 안 된단다.

라미: 왜 안 돼?

엄마: 오늘은 너의 장난을 받아 줄 수 있을 만큼의 시간이 없다구. 엄마 혼자 얼른 갔다 올게.

라미: 엄마, 약속할게. 오늘은 장난 안 쳐.

엄마: 그걸 나보고 믿으라구? 지난번에도 네가 남의 집 카트 뒤에 숨어 있는 바람에 엄마가 얼마나 놀랐니? 심장이 떨어지는 줄 알았잖니.

1장. 라미가 발견한 어떤 물체

라미: 하하하.

엄마: 이놈의 기지배, 지금 웃음이 나오니?

라미: 하하하, 아이고 배야, 아이고 배야. 알겠어, 엄마. 그때는 미안해. 오늘은 이제 장난 안 칠게. 엄마 손 꼭 잡고 잘 따라다닐게. 아무것도 사 달라고도 안 할게.

엄마와 라미의 대화는 이렇게 흘러가고 있었고, 곧 엄마는 라미의 말에 넘어갈 것이라는 예상을 하게 만드는 분위기다. 라미는 이 응석이 받아들여지지 않으면 거실에서 트로트 TV 프로를 보고 계시는 할머니의 도움을 받아야겠다는 엄청난 계획을 지니고 엄마를 조르고 있다. 앞으로 두 사람의 미래는 어디로 흘러갈 것인지. 자, 좀 더 들어 보자.

엄마: 안 되겠는걸, 아가씨.

라미: 엄마, 딱 한 번만. 딱 한 번만 내 말을 믿어 줘.

엄마: 음… 그럼 좋아. 엄마와 약속할 게 있단다.

라미: 좋아, 뭐든지.

엄마: 엄마가 물건 고르고 있을 때 다른 곳에 가면 안 돼. 엄마 옆에만 꼭 붙어 있어야 해.

라미: 물론이지. 야호! 엄마, 사랑해.

　이렇게 예상대로 상황이 흘러가고 있다. 이쯤 되면 우리는 궁금할 것이다. 라미가 몇 살인지, 그리고 라미는 어떤 아이인지. 라미는 10살, 한국에서 초등학교 3학년이 되는 나이이다. 그리고 여자아이들보다는 남자아이들과 노는 것을 더 좋아하는 활동파 어린이다. 게다가 장래 희망이 개그우먼일 정도로 유머가 있고 가끔 장난이 심한 개구쟁이이다. 이런 라미 때문에 라미 엄마가 당황한 적이 한두 번이 아니었다. 얼마 전에는 섬유 탈취제에 식초를 섞어 두어서 엄마와 이모가 그것도 모르고 급하게 뿌리고 외출하는 바람에 둘 다 각자 친구들에게 민망함을 잔뜩 얻어 온 날도 있었다. 또 어느 하루는 라미가 소품 숍에서 예쁜 샴푸 통과 린스 통을 사 왔다며 보여 주었다. 분홍빛 장미 모양의 샴푸 통과 린스 통은 가족 모두가 마음에 들어 했다. 그리고 라미는 그곳에 각각 샴푸와 린스를 담는 친절함까지 보여 주었다. 그리고 그 친절이 배신이었다는 것을 이모가 고스란히 깨닫게 되었다. 샤워를 하러 들어가고 10분 정도 후, 이모의 소름 끼치는 비명이 들려왔다. 이유는 바로 라미가 친절하게 샴푸 통에 샴푸를, 린스 통에도 샴푸를 넣어 두었기 때문이다. 머리를 다 감고 난 후, 다시 뒤통수에서, 또는 머리 정수리에서 밀려오는 거품은 잠든 사자의 코털을 건드린 마냥 화가 날 일이었다. 평소보다 두 배로 헹굼을 당해야 했던 불쌍한 라미 이모의 머리칼이여!

한 번은 이런 적도 있었다. 라미가 변기 위에 올려놓은 가짜 똥 장난감(가족들을 놀려 주기 위해)을 보고 엄마가 통곡을 한 적이 있었다. 엄마가 통곡한 이유는 바로 한동안 육체적으로 허약해지고 정신적으로 우울과 싸우면서 힘들어하던 이모가 스트레스로 인해 이런 행위를 했다고 생각한 것이다. 그날 화장실에서 들리는 통곡 소리는 온 가족을 한곳으로 불러 모으기에 충분해도 너무 충분했다. 엄마의 통곡 소리에 라미와 할머니, 이모는 놀라서 달려갔고, 엄마는 그 똥 장난감 옆에 엎어져서 울고 있었던 것이다. 상황의 심각성을 깨닫고 라미는 엄마에게 솔직하게 고백을 했고, 울면서 사과를 했었다. 라미가 울자 이모도 울기 시작했고, 엄마가 왜 울었는지를 금방 눈치 챈 할머니 또한 울어 버렸다. 똥 때문에 모든 가족이 눈물바다가 되었다. 라미의 진실의 고백으로 안심이 놀람을 덮치자 겨우 울음을 그칠 수 있었던 그런 상황. 다행히 그 사건 이후로 이모는 자신을 생각하는 엄마의 마음에 위로를 받아 심리적으로 안정을 찾게 되었다(물론 완전히 회복한 건 아니었지만 이모는 꽤 많이 밝아졌다). 어쨌든 이것저것 라미의 장난은 보통의 엄마보다 여린 엄마를 자주 놀라게 하곤

했다. 그래도 엄마는 라미를 혼내는 법이 없다. 라미 가족은 모두가 라미 때문에 긴장하는 하루하루를 보내고 있다고 해도 과언이 아니다. 사실 그 짜증을 톡톡히 치르는 것은 엄마와 이모이고, 라미는 할머니에게만은 장난을 치지 않았다. 무슨 이유인고 하니 할머니는 할머니이시기 때문이다. 그것이 라미의 장난의 법칙인 것이다. 그 법칙에 이유는 없다. 그렇다면 그런 것이다.

자, 시간이 지나고 있으니 다시 라미와 엄마를 따라가 보자.

엄마와 라미는 마트에 도착했다. 라미는 지난번 엄마를 놀라게 했던 일이 미안했기에 오늘은 정말 열심히 엄마를 따라다녔다. 엄마가 물건을 고를 때는 카트가 지나가는 사람들에 의해 밀려나지 않도록 잘 잡고 잘 비켜 주었다. 엄마가 생선을 고르고 있을 때는 새 장난감이 나온 게 없는지 3층 장난감 코너에 잠시 달려갔다 오고 싶었으나 오늘만큼은 참았다. 자기 자신도 대견해하며 말이다. 그러나 다음을 위해서라면 오늘 하루쯤 지루하게 이 시간을 보내도 괜찮다고 라미는 생각했다. 머릿속에서는 벌써 다음 장난은 무엇으로 할지 열심히 궁리 중이었다. '어제 나를 열 받게 한 정훈이를 어떻게 하면 잘 골탕 먹었다고 소문이 날까?' 이런 생각으로 라미는 혼자서 키득거렸다.

해설하는 내가 라미의 생각 속에 들어갔다 나온 사이, 라미와 엄마는 이제 한우 정육점 코너 앞에 와 있었다. 엄마가 고기 코너 아줌마와 고기에 대해서 이야기를 나누는 동안, 라미는 생선과 채소가 가득 든 카트 손잡이를 잡고 조용히 서 있었다. 포장된 고기는 라미에게 전혀 관심도 없는데 라미는 포장된 고기 팩을 향해 혀를 날름날름, 즉 메롱을 하고 있었다. 참, 별나디별난 아이다. 그때였다.

누군가: 죄송합니다.

라미는 이 말을 듣는 동시에 옆으로 철퍼덕 넘어졌다. 지나가는 5살 어린아이 눈에는 마치 마녀의 독 사과를 한 입 물고 쓰러지는 백설 공주의 제스처같이 보였으리라. 넘어진 라미도 몹시 놀랐다. 라미는 순간 무릎이 너무 아팠고, 무릎을 문지르며 일어났다. 도대체 누구일까? 라미를 넘어지게 한 자는. 라미는 일어나 얼른 뒤를 돌아보았다. 그런데 너무 순식간이어서 얼굴을 보지 못했지만 뛰는 뒷모습은 분명 남자아이인 것 같았다. 자기에게는 조금 큰 듯한 흰색 셔츠를 바람에 휘날리며 벌써 달아나고 있었다. '나쁜 놈.' 라미의 머릿속에서 순간 스친 생각이었다. 라미는 순간 열이 받았다. 그렇지, 그렇고말고. 라미는 남자아이가 뛰는 방향으로 힘껏 뛰었다. 뛰는 라미

뒤로 엄마가 소리치는 것이 들렸다.

엄마: 라미야, 어디 가니?

라미가 뒤를 돌아 대답하면 이 남자아이를 놓칠 것 같아 라미는 뒤를 돌아보지 않았다. 그리고 라미는 아이를 향해 소리쳤다. "야, 거기서!" 이렇게 라미는 말했다고 생각했다. 그런데 신기한 일이다. 이건 단지 생각이었나? 라미의 귀에 이 단어가 들리지 않았기 때문이다. 라미는 믿기지 않아 다시 한번 소리를 쳤다. "야, 거기 서지 못해, 이 나쁜 놈아!" 역시 생각이었나? 라미의 입술과 혀는 분명히 이렇게 말했다고 생각했지만, 라미의 귀는 말했다. "난 아무것도 못 들었어." 소리가 나오지 않은 것이었다. 라미가 이렇게 순식간에 혼란을 느끼고 있는 사이, 라미를 넘어뜨리고 도망가던 남자아이가 잠시 뒤돌아보았고, 라미와 눈이 마주쳤다. 라미는 순간 깜짝 놀랐다. '세상에서 이렇게 예쁜 눈을 가진 사람이 있나?'라는 생각이 머리를 스쳤기 때문이다. 사람의 눈빛일까? 진정 저것은 사람의 눈동자인가? 라미는 그 눈을 보자마자 뛰는 걸음을 멈췄다. 아니, 뛰는 걸음이 멈춰졌다고 해야 맞을 듯하다. 라미의 다리에 힘이 빠졌기 때문이다. 그리고 너무 열심히 따라온 탓일까? 다리에 힘이 빠진 라미는 그 자리에 털썩 주저앉았다. 라미의 눈은 계속해서 남자아이의 뒷모습에 고정되어 있었다. 그런데, 라미는 자신의 눈이 커다랗게 부풀어 오르는 느낌이 들었다. 남자아이가 왼쪽 코너를 속력을 내어 돌자, 남자아이의 허리 쪽에서 무언가 툭, 하고 떨어지는 것을 목격했기 때문이다. 라미는 그것이 무엇인지 궁금했다. 그래서 확인하기 위해 왼쪽 코너 쪽으로 걸어갔다. 가까이 다가갈수록 그것들은 움직이는 어떤 물체라는 것을 라미는 알아챘다. 그리고 곧 라미의 입에서는 이 말이 튀어나왔다. "오, 마이 가스레인지."

  라미가 본 것은 무엇인가? 라미의 눈에는 무언가 움직이는 물체가 들어왔다. 그것은 라미가 좋아하는 분홍색이었는데, 그 색에서 빛이 나오고 있었다. 그러니 분홍빛이라고 하는 게 맞겠다. 형태는 분명 사람이지만 아주아주 작았다. 그리고 한 마리가 아니었다. 아니, 무언지 아직 모르니 한 명이라고 할지, 한 마리라고 해야 할지 모르겠다. 어쨌든 해설이 알아서 설명하자면 두 마리의 사람 형태의 무언가였다. 머리는 둘 다 귀밑 3㎝ 길이의 단발이었고, 몸의 형태를 잘 따라 떨어진 분홍색 올인원 바지를 입고 있었다. 허리는 조여 맬 수 있도록 끈이 있었으며, 어깨는 나시 끈으로 되어 있었다. 신발은 신고 있지 않았고 옷을 제외하고는 사람과 같은 피부를 가지고 있었는데,

피부색은 라미와는 달랐다. 그것은 자세히 다가가서 보니 분홍색이 었는데, 이 분홍색에서 온통 빛이 나오고 있었다. 이 두 마리의 사람 형태의 무언가는 또 무언가를 타고 있었는데, 그건 자세히 보니 토 끼였다. 즉, 다시 설명하면 토끼를 타고 있는 두 마리의 사람 형태의 무언가를 라미는 발견한 것이다. 그 정체불명의 두 마리는 누가 누 구인지 구별하기 힘들 정도로 똑같이 닮은 쌍둥이였다.

2장

분홍빛 쌍둥이를 따라
구름 속으로

. . .

　자신의 심장에서 누군가가 스카이 콩콩을 타고 있는 것 같다고 생각할 정도로 심장이 뛰었다. 심장 여기저기서 그 스카이 콩콩은 0.3초 간격으로 튕겨져서 라미를 떨리게 했다. 라미는 분홍빛 쌍둥이 쪽으로 천천히 다가갔다. 달려가면 분명 분홍빛 쌍둥이를 놓칠 것 같아 라미답지 않게 천천히 다가갔다. 천천히 다가갈수록 라미의 눈과 눈동자는 더 커졌다. 자신의 눈을 거울로 봤다면 "눈 좀 뜨고 살아."라며 라미를 놀리던 정훈이 앞에 그대로 옮겨 놓고 싶었으리라. 천천히, 천천히 라미는 그들에게 다가갔다. 분홍빛 쌍둥이는 둘이서 대화를 나누는 것 같았고, 곧 다가오는 라미와 눈이 마주쳤다. 눈이 마주친 라미는 또 한 번 생각했다. '와, 어떻게 저렇게 눈이 예쁠까?' 잠시 이런 생각을 하고 있는 사이, 갑자기 어떤 빛이 눈에 반사되어 라미는 고개를 옆으로 기울일 수밖에 없었다. 그건 분홍빛 쌍둥이의 몸에서 나온 빛이었다. 라미는 눈이 부셨지만 지금 쳐다보지 않

으면 분홍빛 쌍둥이를 놓칠 것 같아 손으로 눈을 가리고 두 번째 손
가락과 세 번째 손가락을 조금 벌려 그 사이로 다시 분홍빛 쌍둥이
를 찾았다. 그런데 이게 무슨 일인가? 토끼가 공중으로 날기 시작해
서 이미 라미의 배 쪽까지 올라오고 있었다. 그리고 순식간에 라미
의 머리 위쪽으로 날아오르기 시작했다. 토끼는 뛰어야 하는데 말이
다. 라미의 의도와는 상관없이 라미의 손이 순식간에 토끼의 꼬리를
잡았다. 그리고 토끼가 라미의 다 뻗은 팔만큼 날았을 때, 라미의 다
리도 어느 순간 바닥에서 점점 멀어지고 있었다.

라미: (소리치며) 아, 살려 줘!
분홍빛 쌍둥이 여자아이 목소리: 얼른 꼬리에서 손을 떼.
라미: 말이 돼? 지금 손 떼면 나는 땅에 떨어져서 죽을 거야.

아니 그런데, 토끼가 커진 걸까? 라미가 작아진 걸까? 라미는 자신
보다 작은, 훨씬 작은, 너무도 작은 인형 같은 토끼의 꼬리를 잡았을
뿐인데 그 꼬리는 라미를 데리고 훨훨 날고 있었다. 그리고 분홍빛
쌍둥이는 분명 라미보다 작았는데 서로 누가 큰지 분간이 바로 되지
않을 정도로 비슷한 몸집이 되었다. 분홍빛 쌍둥이가 커진 걸까? 라
미가 작아진 걸까? 그러나 이 궁금증도 잠시, 지금 라미에게 그것이

중요한 게 아니었다.

분홍빛 쌍둥이 남자아이 목소리: 아니, 지금은 괜찮아. 어서 꼬리에서 손을 떼고 돌아가.

라미: 무슨 소리야. 나는 아직도 하고 싶은 일이 많다구. 이대로 죽을 순 없지. 내가 땅에 떨어져서 죽으면 누가 책임질 건데.

분홍빛 쌍둥이: 키득키득

라미: 빨리 나를 당겨서 올려 줘. 지금 손에 힘이 다 빠져 간다구.

분홍빛 쌍둥이 여자아이 목소리: 후회할 텐데.

라미: 죽는 것보다 나아. 빨리.

분홍빛 쌍둥이 남자아이 목소리: 넌 지금 손을 놓아도 죽지 않아. 그건 내가 약속해. 그런데 만일 네가 지금 손을 놓지 않는다면 영영 집으로 돌아가지 못할 수도 있어. 어떡할래?

라미: 뭐야, 아니야. 저기 봐, 땅이 너무 멀리 있잖아. 난 지금 살아야겠어. 얼른 나를 올려 줘.

분홍빛 쌍둥이 남자아이 목소리: 좋아. 나는 경고를 했고, 그걸 듣고 네가 선택했으니 이제부터 네가 알아서 하는 거야. 자, 내 손을 잡아.

라미: 여기, 어서어서.

2장. 분홍빛 쌍둥이를 따라 구름 속으로

남자아이 목소리를 가진 분홍빛 쌍둥이가 먼저 라미의 손목을 잡았고, 이어 여자아이 목소리를 가진 분홍빛 쌍둥이가 다른 쪽 손목을 잡았다. 그리고 둘은 어떤 신호를 넣어 호흡을 같이하더니 라미를 아주 손쉽게 끌어 올려서 토끼 등에 태웠다. 토끼 등은 아주 폭신했으며 따뜻했다. 그리고 그때는 토끼가 구름 속을 날아가고 있었다. 여기가 어디인지도 모른 채 라미는 "우와, 신난다."라고 외쳤다. 앞에 앉아 있던 분홍빛 쌍둥이는 라미의 행동을 보고 귀여운 듯이 웃었다. 라미는 분홍빛 쌍둥이와 대화를 나눌 여유도 없이 구름 비행에 빠져 있었다. 흰색이었던 구름에서 조금 더 날아가니 빨간색 구름이 나타났다. 그리고 점차 구름색은 주황색으로 변해 가고 있었다. 토끼는 계속 날았고, 구름색은 계속 바뀌었고, 라미는 계속 감탄사를 연발하고 있었다. 주황색이었던 구름은 곧 노란색으로 변했다.

라미: 와, 구름 색깔이 이렇게 계속 바뀌는 거야? 원래 그런 거야? 왜 우린 몰랐지? 왜 학교에서는 안 가르쳐 줬냔 말이야, 이 신비한 체험을. 다음 색은 뭐야, 얘들아?

분홍빛 쌍둥이는 미소만 지을 뿐 말이 없었다.

라미: 내가 맞춰 봐야지. 다음은 금색일 거야. 왜냐하면 내가 좋아하는 색이거든. 하하하.

라미가 혼자서 이렇게 조잘대는 동안 구름은 초록색으로 변해 가고 있었다. 라미는 신나서 소리쳤고, 다시 토끼는 하늘색 구름 속으로 날아가고 있었다. 그리고 파란색 구름 속.

라미: 야호! 신난다. 신난다. 아, 내일 학교 안 가고 여기서 놀다 가고 싶다. 엄마한테 말해 볼까? 뭐라고 하지?

이때 남자아이 목소리를 가진 분홍빛 쌍둥이가 다시 물었다.

분홍빛 쌍둥이 남자아이 목소리: 자, 다시 한번 말할게. 다시 한번 기회를 준다구. 지금 여기서 간다면 너를 무사히 가게 도와줄게. 그런데 여기서 돌아가지 않으면 넌 다시 집으로 못 갈 수도 있어.

라미: 아, 몰라 몰라. 난 지금 안 갈 거야. 이렇게 좋은 것을 두고 어떻게 가. 좀 더 자세히 보고 난 친구들에게 오늘 내가 본 것을 다 자랑할 거야. 아무도 안 믿겠지만 말이야. 하하하.

라미는 토끼 위에서 황홀함에 취해 춤을 추고 있었다. 춤에 빠진 라미는 분홍빛 쌍둥이 남자아이 목소리가 무슨 얘기를 하는지 잘 듣지 못했으리라. 그리고 곧 라미는 춤과 함께 노래를 불렀다(차차 알게 되겠지만 라미는 노래와 춤을 좋아한다. 그러나 둘 다 뛰어나게 잘하는 것은 아니다. 그러나 라미는 어렸을 때부터 참기 힘들 정도로 슬플 때나 너무 기뻐서 어쩔 줄을 모를 때 항상 노래와 춤으로 자신의 감정을 표현하곤 했다. 그 것은 라미에게 삶의 큰 기쁨이었다).

나는 지금 신기한 구름 속에 있지롱.

이 구름은 나를 어디로 데려가 줄까?

초콜릿이 가득한 나라로 데려가 줄까?

귀여운 동물들이 많은 나라로 데려가 줄까?

어디든 괜찮아.

어디든 나는 좋아.

어서어서 나를 데려다주렴.

너희들이 뛰노는 그곳으로

자신의 춤과 노래에 흠뻑 취해 있는 라미를 보고 고개를 절레절레 흔들며 분홍빛 쌍둥이는 서로 쳐다보았다. 라미는 이럴 줄 알았다면 이모의 긴 원피스를 몰래 챙겨올 걸, 하고 번갯불 같은 후회를 하였다. 왜냐하면 지금 라미는 달리기에 좋고, 이것저것 아무거나 옷에 묻어도 상관없는 멋진 검정색 추리닝을 입고 있었기 때문이다. 다리를 들어 올리기에는 좋아도 이렇게 멋진 구름 위에서 춤을 출 일이 있을 줄 알았다면 적어도 모양새는 맞추는 것이 더 멋진 일이라는 생각이 들었다. 이 구름 위에서는 검정색 추리닝보다는 바닥에서 뒤꿈치까지 0.3㎜ 정도 떨어지는 나풀나풀한 하얀 원피스가 끝내주는데 말이다. 라미는 어쩔 수 없는 현실을 받아들이고 자신이 이모의 그 하얀색 원피스를 입고 있다고 상상하며 없는 치마를 들어 올리고 만지는 시늉을 하며 춤을, 그렇다 춤을, 춤을 추었다.

분홍빛 쌍둥이 여자아이 목소리: 고집이 너무 세구나. 그대로 두자.
분홍빛 쌍둥이 남자아이 목소리: 그래, 어쩔 수 없지.

이렇게 얘기는 했지만 그들의 입가에는 미소가 번져 있었고, 그들의 눈동자는 라미의 춤을 놓칠세라 열심히 라미의 몸짓을 따라가고 있었다. 그들의 눈에는 이미 라미는 하얀색, 여왕 나비의 날개처럼 넓게 퍼지는 원피스를 입고 있는 모습이었다. 라미의 모습은 라미의 상상 속에서, 그리고 분홍빛 쌍둥이의 눈 속에서 그대로 라미가 원하던 그 모습이었다. 바로 그 모습의 라미가 춤추고 있었다.

그렇게 대화가 오고 가는 사이, 구름은 이미 보라색으로 변해 있었다. 보라색 구름은 아주 신비로웠다. 보라색은 옅어졌다가 다시 짙어지기를 반복하고 구름 사이사이에서 빛들이 나오고 있었다. 라미는 이미 그 빛에 취해 빛에서 자신이 좋아하는 인형들과 초콜릿과 아이스크림들이 화산이 폭발하듯 튀어나오는 상상으로 황홀경에 빠졌다.

분홍빛 쌍둥이 여자아이 목소리: 이제 뒤를 봐.

이 목소리에 라미는 춤을 멈추고 자신의 뒤를 바라보았다. 커다란 검은색 문이 보였고, 그들이 지나쳐 온 보라색 구름에서 뿜어져 나오던 빛들이 검은색 문이 닫히면서 점점 사라지고 있었다.

라미: 저 문은 뭐야? 아깐 없었는데.

분홍빛 쌍둥이들에게 묻기 위해 라미가 그들에게 고개를 돌리는 순간, 라미 앞에 앉은 분홍빛 쌍둥이들은 어떤 신호를 하고 호흡을 크게 들이마시고 있는 모습과 마주쳤다. 그때 갑자기 토끼는 전속력으로 구름을 뚫고 날아올랐고, 라미는 아무것도 잡고 있지 않았기 때문에 그 충격으로 토끼의 등에서 굴러떨어졌다. 비명을 지를 시간도 없이 큰 바람이, 그 큰바람이 몰고 온 강한 힘에 의해 라미의 몸은 빙글빙글 돌았다. 그 아름답던 보랏빛의 구름은 라미를 안고 회오리처럼 회전했다. 빠르게, 빠르게, 더 빠르게.

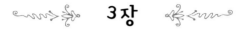

3장

파란 나뭇잎을 가진
나무 아래서

· · ·

　라미는 하염없이 빙글빙글 돌다가 어느 순간 정신을 잃었다. 누군
가가 라미 코를 간질이는 느낌에 라미는 코를 비비며 일어났고, 자리
에 앉자마자 재채기를 했다. 옆에서는 키득키득 웃는 소리가 라미의
귀까지 간지럽혔다. 재채기를 하고 간신히 정신을 차린 라미는 웃음
이 나는 쪽으로 고개를 돌렸다. 세상에. 이것은 라미의 입에서 발사
된 감탄사이다.

　하얗디하얀 깃털에 연둣빛과 노란빛이 아주 잘 어울리게 물들여
진 날개를 가진 예쁜 새 두 마리가 서서 웃고 있었다. 아마 자신의
날개 깃털로 라미의 코를 간지럽힌 것이 웃겨서 그리도 신나게 웃었
나 보다. 라미는 평소답지 않게 차분하게 호흡을 하고 그들에게 말
했다.

라미: 안녕, 너희들은 누구야?

새 한 마리: 그래, 안녕! 히히히.

또 다른 새 한 마리: 안녕! 하하하.

라미: 그래, 그래. 너희들 이름이 뭐야?

새 한 마리: 이름? 하하하, 우리는 이름이 없어.

라미: 뭐? 이름이 없다구? 그럼 너를 어떻게 불러?

또 다른 새 한 마리: 부른다구? 왜 불러? 항상 옆에 있는데.

라미: 아니, 그게 말이야. 멀리 있을 때도 있잖아.

새 한 마리: 응? 왜? 왜 멀리 있는데 부르지? 와서 부르면 되지.

라미: 아 참, 답답하시네, 이 양반들. 그러니까 내가 저쪽에 있는데 이상한 걸 발견했다 쳐. 그러면 내가 너에게 보여 주려고 불러야 할 거 아냐. 그럼 뭐라고 부르냐고? 야! 막 이래? 야! 야! 야! 이러냐고?

또 다른 새 한 마리: 하하하. 그러니까 그럴 일이 왜 있는 건데.

새 한 마리: 키키키. 참 재밌는 아이네. 우리는 진동으로 나와 너를 연결해.

라미: 뭐라고? 진동? 진동이 뭔데?

또 다른 새 한 마리: 우린 존재마다 진동이 있어서 서로가 그걸 알지. 각각의 존재마다 가진 주파수가 달라서 요청이 필요할 때는 주파수를 변화시키면 친구들이 나에게 오지.

라미: 에고, 에고, 난 모르겠다. 지금 이게 꿈인지도 모르겠고, 너
희들이 무슨 소리 하는지도 모르겠어. 그건 그렇고, 나 이제
집에 가야 하는데 길 좀 알려 줄래? 여기는 어디야?

새들과 대화를 하느라 라미는 자신이 어디에서 눈을 떴는지 주변
도 살피지 못했다. 이제야 주변을 살핀 라미는 또다시 눈동자가 알사
탕만큼 커지는 느낌을 받았다. 주변은 하얀 도화지 같았고, 아주 푸
른 나무들과 꽃이 주변에 널려 있었다. 그리고 라미가 있는 곳은 파
란 나뭇잎을 가진 나무 그늘 밑이었다. 파란색이 정말 어쩌나 파랗
던지, 라미는 집에 돌아가면 마트에서 반드시 저 나무의 파란색 물
감을 찾아서 꼭 사야겠다고 생각했다. 그래서 그 물감으로 이 나무
를 그려서 친구들에게 보여 주리라 마음먹었다. 그런 생각을 하니
라미는 갑자기 기분이 좋아졌다. 행복한 꿈을 꾸며 라미는 파란 나
뭇잎을 고개를 들어 한참을 보고 있었다. 그때, 파란색 나뭇잎 사이
로 검은 물체가 '씩'하고 지나갔다. 우연이었을까? 라미의 뒤통수에
서 '씽'하는 소리가 나더니 머리가 아파 오기 시작했다. 순간 라미는
머리를 움켜잡았다. 그때, 새의 목소리가 들려왔다.

새 한 마리: 우리 이제 저쪽으로 이동하자. 머리가 아파.

라미: 나도 머리가 아파. 왜 이러지?

또 다른 새 한 마리: 주파수 때문이야. 방금 지나간 새의 주파수와 우리와 맞지 않는 거야.

라미: 뭔가 계속 지지직거려. 이거 어떻게 할 수 없어?

검은 새는 친구를 데리고 왔는지 두 마리가 되었고, 곧 세 마리가 되었다. 검은 새들은 파란 나뭇잎 위를 빙글빙글 돌더니 나뭇가지에 앉아서 노래를 불렀다. 자세히 보니 그 검은 새들의 꼬리 끝에는 한 줄이 늘어져 있었는데 10cm 정도 되어 보였다. 그리고 그 줄의 끝에는 5개의 가시들이 원으로 둘러져서 자신들의 원형의 세계를 만들고 있었다. 노랫소리는 나쁘지 않았지만, 아니 빈에서 데려온 합창단마냥 사실은 노랫소리가 아주 좋았다. 그러나 그런 좋은 노랫소리를 감상하기에는 라미의 머리가 너무도 아팠다.

두 마리의 새는 그들의 날개로 라미를 툭툭 치더니 자신의 발을 두 팔로 잡으라고 했다. 라미는 시키는 대로 한 손은 새 한 마리의 다리를, 또 한 손은 다른 새 한 마리의 다리를 잡았다. 그러자 라미의 발이 땅에서 뜨기 시작했고, 라미는 새와 함께 자신이 마치 날개를 움직여 날고 있는 것처럼 신나게 날기 시작했다.

새 한 마리: 우리가 조금만 이동하자. 조금만 참아.

라미: 뭔지 모르겠지만 알겠어. 이거 손은 조금 아픈데 재밌는걸?
(기쁨의 소리를 지르며) 야아!

잠시 침묵이 흘렀다.

또 다른 새 한 마리: 발이 너무 무거워서 잘 날아지지가 않아. 자, 이
제 우리가 놓을 테니 날갯짓을 해 봐.

라미는 이 소리를 듣자마자 기겁하며 소리쳤다.

라미: 무슨 소리야? 나를 죽이겠다는 거야?

새 한 마리: 죽긴 왜 죽어. 너도 날면 되지.

라미: 또 무슨 소리야? 난 사람이지 새가 아니야.

또 다른 새 한 마리: 이곳에서는 모든 존재가 날 수 있어.

라미: 사람 정말 미치게 만드네. 난 사람이래도.

새 한 마리: 너의 날개를 믿어.

라미: 믿을 날개가 없어.

또 다른 새 한 마리: 있다고 믿어. 그리고 날개는 있어. 우리 눈에는 보이는데 네 것을 네가 못 보는구나!

새 한 마리: 그래 넌 날개가 있어. 우리가 놓을 테니 확인해 봐.

라미: 오, 하느님 아버지, 부처님, 옥황상제님, 아랍 신이시여! 이 예쁘지만 마음씨 고약한 새들이 나를 죽이려 하나이다. 제발 살려 주세요.

이 기도가 끝나자 라미가 잡고 있던 새들의 발이 라미의 손에서 벗어나 버렸다. 라미의 손은 원하지 않게 혼자가 되었다. 그것들은 가엾게도 아무것도 의지할 것이 없었다. 라미는 온 힘을 다해 소리를 질렀다.

새 한 마리와 또 다른 새 한 마리: 너의 날개를 믿어.

라미는 있는 힘껏 살기 위해 손을 파닥거렸다. 오랜 시간 먹이를 찾던 어미 새가 드디어 먹이를 찾자 둥지 속의 배고픈 아기 새를 생각하며 둥지를 향해 날아가는 것처럼 빠른 속도로.

그러자 정말로 라미의 몸이 날아올랐다. 라미는 팔이 날개인 양 계속 위아래로 세차게 움직였다. 팔이 너무 아팠지만 팔의 날갯짓을 멈추면 떨어질지도 모르기에 최선을 다해 날갯짓을 하며 새들을 쫓아서 따라갔다. 거의 새들 옆까지 도착한 라미는 말했다.

라미: 이거 뭐야, 뭐야? 내가 날 줄은 몰랐어. 정말 신나!

새 한 마리: 축하해. 너의 날개를 발견했으니 말이야.

또 다른 새 한 마리: 그래, 나도 축하해. 그런데 이제 그 팔은 그만 움직여 줄래? 정신없어. 하하, 네 뒤를 봐.

라미: 안 돼. 그럼 난 떨어져 죽…

새 한 마리: 뒤를 봐.

라미는 고개를 돌려 뒤를 보았다. 이게 어찌 된 일인가? 라미의 등 뒤에는 새들에게만 있어야 할, 아니 새와 천사에게만 있어야 할 그 것, 즉 날개가 파닥파닥 움직이고 있었다. 새들은 라미가 놀라는 장면을 보며 웃었다.

라미: 세상에, 정말로 나에게 날개가 있어. 정말로! 하하하. 신난다, 정말 신난다.

새들은 박수를 쳤다. 라미의 신남에 박수를 쳤고, 라미의 일생일대의 첫 날갯짓을 축하하며 박수를 쳤다.

1,000m 정도 옮겨 왔을까? 새들과 라미는 빨간색 나뭇잎을 가진 나무 그늘에 내렸다(라미의 발이 땅에 닿자, 라미의 날개는 점점 작아져 라미의 등 안쪽으로 사라졌다). 라미의 머리는 이제 전혀 아프지 않았다. 라미는 나무 아래에 떨어진 빨간색 나뭇잎을 신기한 눈빛으로 얼른 손으로 주워 들고 말했다.

라미: 신기하다. 이제 아프지 않아, 머리가.

새 한 마리: 응, 맞아. 주파수가 안 맞아서 그래. 우리도 걔들을 만나면 주파수가 달라서 머리가 아파.

또 다른 새 한 마리: 모든 존재는 주파수가 있거든. 그래서 그것이 서로 맞지 않으면 한곳에 오래 있지 못해.

라미: 모든 존재가 주파수가 있다구? 그럼 나도 있는 거야?

새 한 마리: 그럼, 너도 주파수가 있지.

라미: 엥? 정말? 그건 어떻게 알아?

새 한 마리: 우리는 눈으로 볼 수 있어.

라미: 주파수가 눈으로 보인다구?

또 다른 새 한 마리: 그렇지. 눈으로 볼 수 있지.

라미: 난 안 보이는데. 나도 주파수가 있다며. 무슨 색이야? 왜 내 눈엔 보이지가 않지?

새 한 마리: 하하하, 주파수는 색이 없어. 오라가 색이 있지. 주파수는 떨림으로 보여. 존재를 보면 그 존재의 주변의 떨림으로 우리는 알 수 있지.

라미: 아이고, 머리야. 내 머리야. 아까보다 머리가 더 아프려고 하네. 그럼 봐 봐. 아까 그 새들이랑 너희랑 주파수가 달라?

새 두 마리: 그렇지.

새 한 마리: 너도 그 새들이 있을 때 머리가 아픈 걸 보면 너는 우리와 주파수가 맞는 거지.

또 다른 새 한 마리: 그래서 서로 주파수가 맞지 않는 존재들이 모여 있으면 아픈 존재가 생기는 거고, 아픈 존재가 다른 곳으로 이동하는 게 우리의 약속이야.

라미: 가만 보자. 네 말대로 난 너희랑 주파수가 맞나 봐. 너희랑 있으면 머리가 아프지 않아. 아니, 아니, 뭐랄까? 음… 맞아. 바로 이거야. 운동장에서 열나게 놀고 집으로 와서 샤워를 '싸악'하고 나오니 엄마가 아주아주 시원한 요구르트를 건네주고 나는 그걸 한 번에 원샷으로 '꿀꺽, 꿀꺽' 들이키고 난 그

런 느낌? 아, 뭐라고 표현이 안 되네. 알겠지? 알겠지?

새 두 마리: 하하하. 그래, 그래. 너의 주파수를 보면 알겠어.

라미: 아, 모르겠다. 어쨌든 난 너희랑 있으니 상쾌한걸. 아 참, 그런데 사람도 모두 주파수가 있다고 했잖아. 그런데 우리는 그런 게 보이지 않아.

새 한 마리: 당연하지. 우리는 다 볼 수 있지만 사람은 모두가 볼 수 있는 건 아니라고 들었어.

또 다른 새 한 마리: 그런데 사람들은 볼 수는 없지만 느끼는 거야. 불편함으로.

라미: 불편함?

새 한 마리: 그렇지. 주파수가 안 맞는 사람과 있으면 불편하고 뭔가 기분이 편하지 않다고 해야 하나?

라미: 뭐? 그게 그런 거라구? 이런, 그래서 내가 정훈이랑만 있으면 짜증이 난 거군. 그놈이랑 나는 주파수가 맞지 않아, 맞지 않아.

새 한 마리: 하하하. 맞아, 맞아. 바로 그런 거야. 서로 말이 잘 통하지 않고, 같이 있으면 몸도 마음도 아프게 된다고 하더라구. 우리는 알아서 잘 이동하고 모두가 약속을 잘 지키니까 아프지는 않지. 그러나 사람은 그것을 깨닫고 이동하지 않으니 같은 공간에서 고통을 받지.

라미: 이런, 이런. 못 살아, 못 살아. 이제 알겠어. 정훈이가 괴롭혀도 흥분하지 않고 그냥 나는 다른 곳으로 이동할 거야. 내 머리가 터져서 쓰러지기 전에 말이야. 이게 주파수 때문이었군.

라미는 너무나 큰 새로운 사실을 알아낸 기념이랄까, 그러한 느낌의 기쁨이 올라와서 춤을 추기 시작했다. 정체를 알 수 없는 노래를 부르면서 말이다. 앞으로 정훈이와 부딪칠 일이 없음을 확신하는 기쁨의 댄스라고나 할까?

나나나나나 나나나나

라미가 빨간색 나뭇잎을 긴 천으로 생각하며 손으로 흔들며 춤을 추었다. 그때, 갑자기 빨간색 나뭇잎이 라미의 손에서 벗어나서 점점 커지기 시작했다. 라미는 신나서 빨간색 나뭇잎 위에 올라탔다. 그리고 이모에게 배운 발레 동작과 현대 무용 동작과 라미만이 출 수 있는 '라미춤'을 추며 행복의 공간으로 빠져들었다. 빨간색 나뭇잎은 조금씩 조금씩 커지면서 라미만의 나뭇잎 무대를 만들어 주었다.

루루루루루 루루루

춤을 추는 라미가 정말 예뻐서 새 한 마리는 자신의 날개에서 노란 깃털을 뽑아 라미에게 주었다. 그리고 또 다른 한 마리는 자신의 날개에서 연두색 깃털을 뽑아 라미에게 주었다. 깃털은 땅으로 떨어지지 않고 라미 어깨 주변에서 살랑살랑 날아다녔다. 새들도 라미 주변에서 노래를 불렀다. 조금 지나니 아주 조그만 주황색 깃털을 가진 새가 날아왔다. 그리고 두 마리의 새 옆에서 노래를 불렀다. 그리고 오색 깃털을 가진 새들이 날아왔다. 그리고 세 마리의 새들 옆에서 함께 노래했다. 그리고 초록색 새도, 분홍색 새도 여기저기에서 날아왔다. 새들의 노래가 만드는 진동으로 라미의 나뭇잎 무대는 공중으로 천천히 떠다니기 시작했다. 라미는 춤과 노래에 취했다. 그리고 새들을 즐겁게 하기 위해 최선을 다해서 춤을 추었다. 물론 어떤 새도 자신들을 즐겁게 해 달라고 부탁하진 않았다. 그러나 라미는 그들을 즐겁게 해 주고 싶었다.

한 동작, 한 동작 움직일 때마다 라미의 근육에서 기쁨이 흘러나오는 것 같았다. 라미의 근육들도 새들과 함께 노래를 부르고 있었다. 이들의 노랫소리와 기쁨이 넘치는 주파수가 전달이 된 것일까? 하얀 꽃잎이 그들의 주변에 날아다녔다. 빨간 꽃잎이 분홍색 새의 이마를 간지럽혔다. 주황빛이 아래로 그러데이션되어 있는 꽃잎도 그들에게 합류하기 위해 날아왔다. 여러 가지 색의 꽃잎들이 날아와서 라미의 몸에 단단히 붙어 버렸다. 라미는 자신의 몸에 달라붙은 꽃잎을 아주 조심스러운 손끝으로 조금만 건드리면 깨지는 아주 얇디얇은 요술 유리를 만지듯 소중하게 어루만졌다. 그러자 꽃잎들은 라미에게 아주 시폰처럼 하늘하늘한 원피스를 선물하였다. 그 빛은 아주 멋들어지게 파스텔 톤의 색이 아래로 갈수록 짙게 물들어 있었다. 그 치마는 라미가 돌면 과장해서 50m의 세계를 치마 속으로 몽땅 담을 수 있는 형태였다. 라미는 그 치마를 이리저리 들어 올리고 흔들며 춤을 추었다. 이모에게 배운 발레 시솟느 동작(발레 동작으로 한 발은 앞을 향하게 뻗고, 또 다른 한 발은 뒤를 향해 뻗으면서 하는 점프 동작이다. 긴 원피스를 입고 앞뒤로 발을 차면서 공중으로 튀어 오를 때 치마의 모양을 한번 상상해 보라)을 멋지게 시도하자, 치마는 공기를 뚫고 위로 올라 엄청난 넓이로 퍼지더니 다시 불규칙한 리듬으로 떨어졌다. 그 알 수 없는 치마 펄럭임의 아름다움에 모두 함성을 질렀고, 라미는 더욱 신나서 하늘 높이 뛰어오르는 동작을 하였다.

새들: 우리는 지금 평온 속에 있다네.

그 속에서 환상의 춤을 추네.

환상의 노래를 부르네.

라미: 내가 이곳에 온 것은 세상의 큰 기쁨이라네.

새들: 우리는 지금 함께 춤을 춘다네.
우리를 괴롭히는 물결은 가 버려.

라미: 가 버려.

새들: 우리를 괴롭히는 바람은 가 버려.

라미: 가 버려.

새들: 우리가 함께라면 어떤 괴롭힘도 이겨 낼 수 있다네.
우리가 있는 곳이 평온.

라미: 우리가 있는 곳이 평온.

새들: 우리가 있는 곳이 평온.

새들과 라미: 우리가 있는 곳이 평온, 평온!

분홍빛 쌍둥이 1

이 세상에서는 들어 보지 못한 것 같은 멋진 노래가 라미가 있는 세상에 울려 퍼졌다. 나뭇잎 무대는 점점 더 높이 올라갔다. 라미는 그것을 눈치챌 수 없을 정도로 자신의 춤과 새들의 노랫소리에 푹 빠져 있었다.

4장

황금개미와
하늘 위에서

· · ·

"도와줘."

'어디서 나는 소리지?'라고 뇌에서 라미에게 신호를 보내오기 전까지 라미는 자신이 땅에서 굉장히 높이 떨어져 있다는 것을 알지 못했다. 이 현실로 놀라는 것도 잠시, 다시 놀랄 만한 다른 현실로 인해 라미는 또 한 번 놀랐다. 나뭇잎 한 부분에서 황금색 무언가가 눈에 띄었고, 아까 그 목소리가 다시 한번 들려왔다.

"도와줘."

라미는 얼른 소리가 나는 쪽을 쳐다보았고, 개미와 아주 비슷하게 생긴 어떤 생물체가 한 손은 나뭇잎에 의지한 채 대롱대롱 매달려 있었다. 그리고 라미를 향해 어디에도 의지하지 않고 있던 다른 한 손을 내밀어 잡아 달라는 눈빛을 보내고 있었다. 라미는 얼른 손을 뻗어 개미와 비슷하게 생긴 생물체의 손을 잡아 나뭇잎 위로 올렸다. 자세히 보니 개미와 비슷하게 생겼다고 하기에는 너무 똑같았다. 다만 라미가 알던 개미와는 다르게 키가 매우 컸다. 라미의 어깨 정도까지 오는 개미를 본 적이 있던가? 더구나 온몸이 황금색으로 빛나고 있는 황금개미를.

라미: 아, 아… 안녕? 넌 누구니? 내가 보기에는…
황금개미: 네가 머릿속으로 생각하는 그거 맞아.
라미: 아, 그렇지. 개미, 개미 맞지?
황금개미: 하하하. 그래, 맞아.

라미는 신기해하며 눈으로 황금 개미의 형태를 복사라도 할 듯 머리부터 발끝까지 훑어보았다. 요리 보고 조리 봐도 신기할 뿐이다.

라미: 너 이름은 뭐야?
황금개미: 난 키리라고 해. 너는?
라미: 키리, 안녕? 나는 라미라고 해. 만나서 반가워.
황금개미: 나도 만나서 반가워. 그리고 이렇게 내 손을 잡아 줘서

고마워.

라미: 그런데 이렇게 높이까지 어떻게 온 거야?

황금개미: 어떻게 오긴. 상상으로 왔지.

라미: 상상으로 왔다구? 그게 무슨 소리야?

황금개미: 상상하면 우린 어디든 갈 수 있어.

라미: 한동안 이상한 소리를 많이 들어서 이제 놀랍지도 않네. 하
　　하하. 그건 그렇다 치고, 근데 왜 여기를 상상한 거야?

황금개미: 아, 내가 열쇠를 하나 잃어버렸거든. 아무리 찾아도 없는
　　거야, 글쎄.

라미: 무슨 열쇠? 집 열쇠?

황금개미: 아니, 아니, 매우 중요한 열쇠야. 내가 잃어버린 바람에 장
　　미가 울고 있어.

라미: 장미가 울고 있다니, 무슨 말이야?

황금개미: 그게 말이야. 말하자면 좀 긴데. 일단 여기도 찾아봐야겠어.

황금개미는 나뭇잎 무대 위를 갑자기 뛰어다니기 시작했다. 그러
더니 갑자기 나뭇잎 한 부분을 자신의 손바닥 크기 정도로 뜯어내
기 시작했다. 라미가 알아들을 수 없는 말로 황금개미는 혼잣말을
계속, 계속, 계속해 댔다. 라미는 그 혼잣말이 궁금하여 천천히 황금

개미에게 다가갔다.

황금개미: 아, 딱 이 정도 힘이면 괜찮을 거야. 모양을 기억하고 있
　　　으니 만들어 봐야지.

라미: 무슨 소리야? 뭘 만들려는 거야?

황금개미: 열쇠. 내가 잃어버린 열쇠 말이야.

라미: 신기하다. 구경해야지.

황금개미: 난 조각하는 걸 좋아해. 네가 보게 될 줄은 모르겠지만
　　　우리 집에 있는 멋진 조각 작품들은 내가 다 만든 거야. 멋지
　　　지? 친구들도 멋지다고 했어.

라미: 아, 정말 궁금해. 보고 싶어. 참, 너 그렇게 조각을 잘하면 나
　　　방탄소년단 지민 조각 좀 해 줄 수 있어?

황금개미: 하하하. 우리가 좀 더 친해지면 생각해 볼게.

라미: 너랑 여기에 같이 있는데 머리가 아프지 않아. 그럼 너랑 나
　　　랑 주파수가 맞나 봐. 어쩜 우린 친해지게 될지도 몰라. 아,
　　　신나. 그럼 나에게는 지민 조각품이 생기겠군. 랄라랄라라.

그때 열심히 이 모양 저 모양으로 변화되던 나뭇잎이 어느새 가루
가 되어 흩어졌다.

황금개미: 아니군. 힘이 너무 약한걸.

그렇게 말하면서 황금개미는 라미를 쳐다보았고, 곧 개미의 시선은 라미의 머리 쪽으로 향했다. 그리고는 라미의 머리 쪽으로 손을 가리키며 말했다.

황금개미: 혹시 그거 만져 봐도 돼?
라미: 응? 이거? 이거 머리핀인데.
황금개미: 응, 한 번만 만져 봐도 돼?
라미: 그럼, 얼마든지. 이걸 빼면 머리가 조금 흐트러지지만, 그 정도쯤이야 앞으로 친해질 친구를 위해서 얼마든지 참을 수 있지. 자, 여기!

라미는 이렇게 말하고 라미의 성격과는 어울리지 않게 다소곳하게 라미의 머리에 앉아 있던 머리핀을 빼서 황금개미에게 건넸다. 개미와 친해져서 방탄소년단 지민의 조각품을 얻는 행복한 상상을 하면서 말이다.

머리핀을 건네받은 황금개미의 표정이 너무도 밝게 변했다.

황금개미: 바로 이거야. 바로 이거야.

라미: 응? 뭐가?

황금개미: 이거 혹시 나에게 줄 수 있어?

라미: 당연하지. 그쯤이야 엄마에게 졸라서 10개는 더 살 수 있어.

라미는 방탄소년단 지민의 조각상이 점점 자신에게 더더욱 가까이 다가오고 있음을 느꼈다. 개미에게 잘해 주면 잘해 줄수록 그 일이 현실로 자신에게 달려들 것이라는 확신이 섰다.

황금개미: 정말 고마워.

이렇게 말하고 황금개미는 라미 머리핀의 예쁜 장식은 떼어 버리고 핀 부분을 이리저리 만지기 시작했고, 라미는 신기한 듯 옆에서 조용히 지켜보았다. 핀은 정체성이 모호해질 정도로 모양이 변해 갔고, '나는 누구인가?'라는 철학적 물음에 사로잡힐 지경에 이르렀다. 원래의 형태는 찾아볼 수 없었고, 어느새 열쇠의 형태가 되어 있었다.

황금개미: 딱 좋아. 딱 좋아. 내가 있는 곳에는 이런 재질을 찾을 수가 없단 말이야. 잃어버린 열쇠 재질보다 훨씬 좋아. 자, 봐!

어때?

개미는 자신이 만든 열쇠를 라미의 눈앞에 가져다 대었고, 라미는 탄성을 내질렀다.

라미: 와!

황금개미: 어때? 내 실력 괜찮지?

라미: 정말 짱이야! 너의 실력으로 만든 지민 조각상을 꼭 가지고 싶어.

연신 감탄하며 라미는 황금개미가 만든 열쇠를 만지작거렸다.

황금개미: 아, 이제 열쇠를 찾았으니 빨리 돌아가야겠다.

라미: 어디로?

황금개미: 내가 있는 곳으로.

라미: 나도 가면 안 될까? 난 지금 어디로 가는지 모르겠어.

황금개미: 맞아. 넌 어디로 가는지 모를 거야. 그리고 넌 지금은 갈 수가 없어. 너의 차례가 있기 때문이지.

라미: 나의 차례?

황금개미: 그래, 좋아. 일단 나를 도와줘서 고마우니까 네 부탁을 들어주고 싶어. 그래, 너를 내가 있는 곳으로 데려갈게. 같이 가자.

라미: (환호하며) 와, 신난다.

황금개미: 자, 여기를 꽉 잡아.

황금개미는 라미와 대화를 주고받는 동안 나뭇잎에 4개의 홈을 파 놓았다. 그리고는 라미에게 두 개의 구멍에 손을 넣고 나뭇잎을 꽉 잡고 있으라고 말했다. 그리고 다시 말했다.

황금개미: 꽉 잡고 아무것도 생각하지 말고 나의 세상으로 들어와.

라미: 그게 무슨 말이야? 어떻게 하는 거야?

황금개미: 그냥 어떠한 생각도 하지 말고 키리의 세상으로 들어가는 것만 생각해.

라미: 내가 할 수 있을까?

황금개미: 응, 넌 단순해서 잘할 거야.

라미: 몰라, 몰라, 모르겠어. 무슨 말인지. 그렇지만 할래. 너의 세상으로 들어가고 싶어.

황금개미: 좋아, 그걸로 충분해. 자, 같이 눈을 감자.

라미: 알겠어.

라미가 눈을 감고 간절하게 키리의 세상으로 가고 싶다고 생각했고 그 생각이 절정에 도달했을 때, 아주 강한 진동이 라미의 온몸으로 전달되었다. 어디에서 온 진동인지는 모르겠으나 그것은 라미의 온몸을 흔들었고, 무엇보다 라미의 모든 세포가 진동에 놀라 자신의 자리에서 이탈하여 길을 잃은 느낌이었다. 이건 성공한 것일까? 라미는 키리의 상상 속으로 들어간 것일까?

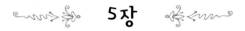

5장

장미가
가득한 곳에서

．．．

환상적인 키리의 세상으로 라미가 들어온 것일까? 엄청난 연기가 자욱하여 앞이 보이지 않았다. 아무것도 보이지 않는 연기 속에서 라미는 키리의 손이라도, 아니 다리라도, 아니 어떠한 것이라도, 키리의 어떤 것이라도 찾기 위해 손을 뻗었다. 잠시 동안 아무것도 찾지 못한 라미는 두려움이 찾아오려고 했으나, 두려움이 오기도 전에 연기가 한순간에 사라졌다. 그리고 라미 눈에 보인 것은 넓디넓고 너무도 아름다운 꽃들이 가득한 곳이었다. 꽃들은 거의 같은 모양이었는데, 그것이 곧 장미라는 것을 라미는 이내 깨달았다. '와!' 라미의 감탄 소리다. 라미의 감탄 소리가 허공으로 사라지고 누군가의 발자국 소리가 라미의 귀를 당겼다. 그리고 키리가 저 앞쪽으로 뛰어가는 것을 라미는 발견했다. 그 모습을 보자마자 라미는 키리를 소리 내어 불렀고, 자동적으로 라미의 발도 키리의 속도를 따라 달리기 시작했다.

라미: 기다려, 키리.

황금개미: 얼른 따라와.

라미: 조금만 천천히 가 줘. 숨넘어가겠다구.

둘은 열심히 100m 달리기 대결을 하듯이 달렸다. 그리고 키리의 발이 땅과 친해지자, 라미의 발도 땅과 친분을 맺었다. 키리는 하나의 반짝이는 투명관 앞에 멈추었는데 그 투명관 안에는 연분홍 장미가 있었다. 자세히 보니 연분홍 장미는 눈을 가졌는데, 그 눈에서 눈물이 흐르고 있었다. 키리는 손에 쥐고 있던 열쇠를 투명관 구멍에 넣고 그것을 한쪽으로 돌렸다. 세 번 정도 360도로 돌리자, 갑자기 투명관의 지붕이 열리기 시작했다. 움츠려 있던 연분홍 장미가 줄기를 세웠고, 투명관 지붕 위로 몸을 일으켰다.

연분홍 장미: 왜 이제야 온 거야?

황금개미: 내가 미안해. 잠시 내가 실수했거든.

연분홍 장미: 당연히 열쇠를 잃어버렸겠지. 무슨 일이야? 나의 슬픔은 너에게 중요하지 않은 거니?

황금개미: 아니야, 아니야. 믿어 줘. 너의 관을 열어 주려는데 갑자기 열쇠를 떨어뜨렸고, 또 갑자기 큰바람이 일어났어. 그래서

그만 열쇠를 땅에 떨어뜨렸는데, 바람이 먹었는지 사라지고 없는 거야. 그래서 나는 나의 모든 에너지를 이용하여 그것을 찾으려고 노력했어. 그리고는 하하하, 생각지도 못한 곳에서 그것을 얻었어. 어쨌든, 어쨌든 상관없어. 이제 이 문을 열었으니 말이야.

연분홍 장미: 그래, 너의 노력을 받아 주겠어. 아, 그나저나 너무 목말라. 물 좀 줄래?

황금개미: 잠시만.

키리는 잠시만, 이라고 말을 하고 빨간 장미들이 가득한 곳 옆에 있는 우물 쪽으로 걸어갔다. 라미는 어색한 표정으로, 그리고 신기한 물체를 발견한 듯 어리벙벙한 표정으로 연분홍 장미에게 인사했다. 연분홍 장미는 너무도 예뻐서 라미는 친구가 되고 싶다고 처음부터 생각했다.

라미: 안… 녕?

연분홍 장미: 응? 너는 누구니?

라미: 나는 라미라고 해.

연분홍 장미: 그래서 너는 누구냐구?

라미: 그러니까, 이름은 라미라고 해. 그리고 나는 너와 모양새가 조금 다른 사람이야.

연분홍 장미: 호호호. 그래, 뭐든 괜찮아. 안녕? 지금 중요한 건 내가 이렇게 관에서 나왔다는 거야.

라미: 그런데 아까 보니 눈물을 흘리고 있던 것 같은데, 이유를 물어봐도 될까? 뭐, 그런 건 친하지 않으면 말하고 싶진 않겠지만 묻고 싶어.

연분홍 장미: 충분히 말해 줄 수 있지. 너를 보니 나쁜 존재는 아닌 것 같아. 우리 장미는 자신만의 시간이 있어. 지혜의 관(키리가 문을 열어 준 그 투명관)에서 나올 수 있는 시간 말이야. 지혜의 관에서 나오면 따뜻한 햇볕을 만날 수 있고, 이렇게 아름다운 장미들을 바라볼 수 있어. 그러면 나는 조금씩, 조금씩 자랄 수 있지. 그 기쁨으로 나의 예쁜 분홍잎들이 더 '부우운 홍'하게 변한다구.

연분홍 장미는 여기까지 말하고 자신의 잎들을 바라보며 한숨을 쉬었다.

연분홍 장미: 그런데 나는 한참을 지혜의 관에 갇혀 있었어. 쉼도,

여유도 때를 놓치면 괴롭더라구. 내가 이 관에서 나올 차례였지만 아무리 기다려도 문은 열리지 않는 거야. 나는 처음에는 편안한 마음으로 기다리다가 너무 길어져서 소리를 질렀지. 그리고 끝내 울고 말았어. 내가 보고 싶은 것들을, 내가 만나고 싶은 것들을 만나야 하는데 나는 그럴 수가 없었어. 얼마나 슬펐는지 몰라. 나의 마음이 이해가 되지? 얼마나 슬펐는지 말이야. 이것 봐. 너무 오랫동안 갇혀 있어서 나의 색깔이 선명하게 나오지 않잖아.

이어서 연분홍 장미는 자신의 줄기를 하늘을 향해 길게 뻗으면서 말했다(라미의 눈에는 그 동작이 너무 아름다워 보였다. 하늘을 바라보는 장미의 얼굴은 더더욱 아름답다고 생각했다. 그리고 그러한 아름다움을 가진 장미가 부러웠다).

연분홍 장미: 아, 이제 다시 더 아름다워질 수 있어. 정말 다행이야.
라미: 너의 모든 마음을 이해한다고 하면 거짓말이겠지만, 정말 흥미로운 건 사실이야. 조금만 더 이야기해 줄 수 있어?

그때, 황금개미가 초록 나뭇잎에 물을 가지고 왔다. 그리고 연분홍 장미에게 내밀었다. 연분홍 장미는 그것을 받아서 그 귀여운 입술에 가져다 대었다. 물을 마시는 장미의 모습은 하늘에서 내려온 천사밖에는 라미는 표현할 길이 없었다. 라미는 속으로 생각했다. '나도 이제 저렇게 물을 마셔 볼까?' 잠시 이렇게 생각한 라미는 자신의 그러한 모습이 잠시 연상되어 키득키득 웃었다.

연분홍 장미: 아, 정말 꿀맛이야.

황금개미: 이제 정신이 좀 들지. 내가 많이 사과할 테니 이제부터 너의 시간을 마음껏 즐겨. 그리고 다시 너의 시간이 되면 문을 잠그러 올게.

연분홍 장미: 그래, 내가 이번에는 용서하겠어. 뭐, 용서할 것도 없지. 잘못한 존재는 아무도 없으니까. 나에게 좀 더 생각할 시간이 필요했던 건가 봐. 덕분에 많은 생각을 했으니 됐어.

황금개미: 고마워. 너의 그 아름다움만큼 아름다운 말이군. 음, 음.

연분홍 장미: 그럼, 안녕. 잘 가. 피곤해서 나는 공기를 좀 마셔야겠어. 그리고 곧 내가 깨어난 걸 알고 나비와 벌들이 올 거야. 나비와 벌들과 이야기하고 놀려면 나도 에너지를 좀 보충해야겠어.

황금개미: 알겠어. 행복한 시간 보내. 너의 시간을 더 이상 방해하

지 않겠어. 이미 충분히 방해했으니까.

키리는 이렇게 말하고 연분홍 장미를 등지고 걸어갔다.

라미: 키리, 어디가? 난 이 장미와 좀 더 이야기를 하고 싶어.

키리: 안 돼. 장미는 너무 피곤해. 오랫동안 갇혀 있었거든. 밖에서 머물러야 하는 시간을 안에서만 있었으니 외롭고 힘들었을 거야. 방해하면 안 돼.

라미는 키리의 말이 너무도 아쉬웠지만 이곳은 키리의 세상이기에 라미가 어떻게 하고 싶지 않았다. 라미는 연분홍 장미에게 작별 인사를 의미하는 손을 흔들어 보이며 키리를 놓치지 않기 위해 빠른 걸음으로 키리를 따라갔다.

라미: 이제 어디가?

황금개미: 이제 나는 집에 가야 해. 열쇠를 찾는다고 너무 많은 에너지를 썼더니 힘이 없어. 집에서 힘을 보충해야 할 것 같아.

라미는 키리에게 질문을 했지만, 키리를 바라보지는 않았다. 키리를 따라가는 길 위에 핀, 알록달록 32가지 사탕 색깔보다 더 유혹적인 장미들을 보느라 미안하지만 키리에게 돌아갈 눈동자의 시간은 없었다. 그래도 키리가 지금은 자신의 보호자이기에 귀는 키리에게 온전히 열어 두었다. 그 덕에 라미는 키리의 말에 이어서 다시 질문할 시간을 놓치지 않을 수 있었다.

라미: 나도 너희 집에 놀러 가고 싶어.

키리의 대답을 기다리지 않고 라미는 다시 물었다.

라미: 그런데, 그런데 말이야. 여기는 장미의 나라인 거야? 온통 장미야.

이리저리 라미의 눈과 몸통은 지금 라미 앞에 펼쳐진 장면을 그대로 흡수하느라 바쁘게 움직이고 있었다. 나비들이 장미와 도란도란 이야기를 하고 있었고, 벌들은 꽃 주변에서 빙글빙글 춤을 추며 입으로 그리고 그들의 날갯짓으로 소리를 내고 있었다. 그 소리는 너무도 조화로워서 하나의 오케스트라 같았다. '음음음음' 이 소리는 이모 방에서 자주 들려오는 클래식 음악의 소리와도 비슷했다(라미는 피아노곡도 어렸을 때부터 많이 들었다. 엄마가 피아노곡을 매우 좋아하기 때문에 자연스럽게 라미도 피아노곡을 많이 듣게 되었다. 그러나 라미는 피아노를 치진 못한다. 여자아이들 사이에서는 피아노를 배우는 게 필수 코스처럼 되어 있지만, 라미도 배울 생각이 없었고 엄마도 배우라고 강요하지도 않았다). 이모 방에서는 늘 음악이 흐르고 있어서 이제 라미도 어떤 클래식 음악도 친근했다. 그런데 한 곡이 끝난 듯했고 이어서 다른 소리가 흘러나왔는데, 이 곡은 자신이 아는 그 곡과 정말 비슷하다 못해 똑같다고 라미는 생각했다. 왜냐하면 라미의 입도 그들과 같은 음을 내고 있었으니 말이다. 이미 라미가 아는 소리인 것이다.

라미: 이 곡은 내가 아는 곡인데. 너희들도 사람의 음악을 좋아하는구나.

황금개미: 사람의 음악이라고?

라미: 응, 이건 사람들이 많이 듣는 곡이거든.

황금개미: 하하하. 그래서 그게 사람의 음악이라고?

라미: 그럼 누구의 음악이야?

황금개미: 이 소리는 우리들의 소리지. 우리 세상의 모든 존재가 내는 소리란 말이지.

라미: 그런데 난 이 곡을 알아.

황금개미: 그렇겠지. 다른 세상에서 우리들의 소리를 듣고 있지.

라미: 사람이 지은 것이 아니라는 거야?

황금개미: 가끔 소리의 주파수가 너무 강하면 다른 세상으로 진동이 퍼지게 돼. 그 순간에 우리 세상의 주파수와 접촉한 사람들이 그 소리를 듣고 기억해서 존재들에게 알리겠지. 그러면 그것이 음악이 되는 거고, 그것을 기억해 낸 사람이 만들어 낸 것이 되어 버리는 거지. 그러나 그것들은 우리들의 소리야. 우리들이 만들어 낸 소리야.

라미: 말도 안 돼. 정말이야?

황금개미: 그럼 내가 너랑 농담하겠니?

라미: 와, 정말 신기하다. 그러면 우리가 듣고 있는 음악들이 이미 다 존재하는 것이란 말이야? 나도 너희들의 소리를 기억하고 싶어. 우리 사람들에게 아직 전달되지 않은 소리가 있다면 그건 내가 알려 줄래. 그러면 나는 엄청나게 유명한 작곡가가 되겠지? 그러면 힘들게 나를 키우기 위해 돈을 버는 엄마를 도울 수 있을 거야. 어때? 나 도와줄래? 내가 이 소리를 기억할 수 있도록 도와줄래? 아, 이때 휴대 전화가 없는 것이 너무 속상하네. 엄마가 중학교 가면 사 준다고 했는데, 엄마를 미친 듯이 졸라서 휴대 전화를 먼저 샀어야 했어. 엄마는 큰

실수를 했네. 나한테 휴대 전화를 투자했어야 하는데. 이 소리들을 다 녹음해 간다면 나와 엄마는 평생 부자로 살 수 있었을 텐데. 아니다, 아니다. 반드시 내가 기억하고 가겠어. 이래 봬도 내가 공부는 못해도 기억력 하나는 끝내주거든.

라미는 이미 혼자서 유명한 작곡가가 되어 엄마와 함께 호화로운 집에서 아침을 먹는 장면을 순간 떠올리며 신이 나서 독백인지 대화인지 누구도 모를 말을 계속 내뱉고 있었다. 이 쓸데없는, 또는 어쩌면 실현 가능할지도 모르는 라미의 말을 들으며 황금개미는 귀여운 듯 입가에 미소를 지었다.

라미: 난 정말 부자가 되고 싶어. 왜냐하면 엄마는 너무 고생을 했거든. 난 그래서 꼭 부자가 되기로 했단 말이야. 그러려면 공부를 좀 해야 하는데, 아직은 공부가 너무 재미가 없어. 나는 그냥 장난치고, 혼자 상상하고 멋대로 노래하고 멋대로 춤추는 것이 너무도 좋아. 참, 이럴 때가 아니지. 키리야, 아까 주파수가 접속한다고 했는데 내가 집으로 돌아가서 너희들의 소리를 듣는 방법은 없을까? 너희들의 소리가 너무 강하게 퍼져 나갈 때 내가 그 진동을 받고 싶어. 그러면 나는 소리를

들을 수 있다는 거잖아, 네 말은. 그렇지? 맞지? 응?

황금개미: 이제 내가 말할 시간이 드디어 온 것이니?

라미: 하하하. 맞아, 맞아. 미안해. 나 혼자만 계속 떠들었네.

그러나 황금개미도 심심하진 않았다. 길을 걸어오는 동안 내내 장미들과 손짓, 눈빛으로 인사를 나누느라 바빴으니 말이다.

황금개미: 질문이 뭐니? 인사하느라 바빠서 놓쳤네.

라미: 그러니까 말이야. 지금 이 천상의 소리들을 내가 집에 돌아 가서도 듣게 해 줘. 그럼 난 사람들에게 그걸 전달할게. 물론 아직 우리 인간의 세상에서는 알려지지 않은 곡으로 말이야.

황금개미: 아무나 그걸 들을 수는 없지. 남의 세상의 일들을 알게 되는 건 너의 세상을 뚫고 나와야 하는 일이거든. 그건 쉽지 않겠지. 네가 집으로 돌아가서 이곳을 기억할 수는 없어. 내 가 알기론 그래. 그런데 혹시라도 꿈에서라도 그려진다면 그 때는 여기 친구들 누구든 불러 봐. 아주 조용히, 아주 오랫동 안, 아주 간절하게 말이야. 너 자신에 대한 생각을 완전히 버 려야만 이곳의 소리가 들릴 거야. 완전한 공의 상태, 완전한 무의 상태 말이지. 너는 없고, 네 안에 아무것도 없이. 그게

다른 세상과 우리 세상이 접속되는 신호야. 이곳을 거쳐 간 존재들 중 그것이 순간적으로 기억이 나서 아직도 우리의 소리를 듣는 존재들이 있어. 그들 자신이 없어지는 순간에 말이야. 모두 기억을 잃게 된다는데 누군가는 그 신호를 아주 찰나에 기억해 내곤 한단 말이야. 거기에 대해서는 난 여기까지만 알아. 네가 물어서 알려 주는 거야.

라미: 키리, 고마워. 알았어. 아니, 사실 무슨 말인지 모르겠어. 완전히 공이라니? 완전히 무라니? 나는 라미인데 내가 어떻게 없어지는 거지? 너무 어렵잖아. 음… 뭐랄까? 할머니가 가끔 이모에게 그런 말을 했는데. 생각을 버리라고. 모든 것을 내려놓을 줄도 알아야 한다고. 그게 그런 말인가? 그런데 어른인 이모도 무슨 말인지 모르는 것 같던데, 내가 알 수 있을까? 이곳이 난 분명히 그리울 거고, 난 이 음악 소리를 꼭 다시 들을 거야. 집에 돌아가더라도 다시 이곳 친구들의 소리가 그리울 때 나는 '키리, 키리, 사랑하는 나의 친구 키리, 너의 목소리를 들려줘. 친구들의 노랫소리를 들려줘.'라고 신호를 보내겠어. 아무 생각 없이. 그리고 나, 라미는 잠시 잊고 말이야. 그럼 되겠지? 아, 신난다. 너희들이 그리울 때, 이곳이 그리울 때 난 그렇게 외칠래. 키리, 키리. 그러면 꼭 대답해 줘,

키리.

황금개미: 글쎄, 너의 목소리가 들릴 정도로 강하다면 나도 반드시 대답을 해 줘야지. 기대되는걸. 그런데 한 가지는 조심해야 해. 우리와 접촉하고 다시 접촉이 끊어질 때는 엄청난 고통이 있을 거야. 주파수가 뒤엉켜서 다시 자신의 진동으로 돌아가는 동안에 혼란이 오거든. 그러나 너무 괴로워하지 마. 괴로워하지만 않는다면 모든 것이 자기 자리로 돌아가니 말이야. 괴롭지만 괴로워하면 안 돼. 그건 아마 인간 세상에서 제일 두려운 일일 거야. 모두가 널 이상하다고 말하는데 그걸 참아 내는 일 말이야.

라미는 키리의 이 말은 들어도 듣지 못한 것과 같았다. 라미가 이해할 수 있는 부분은 한 부분도 없었기 때문이다. 모든 말을 다 주고받을 수 없는 것이 익숙한 듯, 라미는 잠시 키리에게서 집중을 놓고 숨을 크게 들이마시며 눈을 감았다. 그리고 이 소리들을 집으로 그대로 가져가고 싶은 간절함을 담아 그대로 느끼고 있었다. 온몸으로 이 소리들을 기억하겠다는 각오를 한 것처럼 라미는 집중하고 집중했다. 그들의 소리에 집중했다. 소리들은 새로운 소리들을 만들어 냈다. 그리고 라미는 상상의 노트에 그 소리를 혀로 쓰고, 눈으로 쓰고, 코로 쓰고, 손끝으로 쓰고, 발끝으로 써 내려갔다. 그리고 온몸을 활짝 펴서 크나큰 연필로, 그 거대한 필기도구로 그녀의 노트에 기록해 나가기 시작했다.

나는 지금 예전 꿈속에서 만난

그 아름다운 곳에 서 있다네.

이곳에서 나는 정말 멋진 개미 친구도 만났다네.

연분홍 장미는 너무도 아름다워 눈이 부셨지.

노란 장미들은 나비들과 이야기를 나누네.

벌들은 날갯짓을 하며 춤을 추고 노래를 한다네.

바람이 묵직한 첼로의 소리를 낸다네.

장미의 잎들은 서로 부딪치며 공기를 만들어 오보에 소리를 낸다네.

빨간 장미들은 자신의 가시들로 활을 만들어

바이올린 소리를 내고 있네.

나비들의 우아하게 펄럭이는 날갯짓 소리는

비올라 소리를 만드네.

잠자리들의 장난스러운 날갯짓은 상쾌한 플롯 소리를 낸다네.

굵은 바람들이 힘을 합쳐 평온함을 주는

콘트라베이스 소리를 만들어 준다네.

환상의 소리!

내 마음속의 진동

내 마음속의 오케스트라

내 마음속의 축제!

이곳에서는 모두, 모두, 모두가 친구

라미는 어느새 장미들과 인사를 나누며 그들이 내는 음에 맞추어
노래를 불렀다. 신비의 노래, 행복의 노래, 존재의 노래를.

6장

물속에서

· · ·

　노래를 타고, 바람을 타고, 진동을 타고 라미는 어디로 흘러갔을까? 노래가 끝이 났지만 라미의 춤은 끝나지 않았다. 아니, 이것은 라미가 계속 춤을 추는 것인지 흘러가는 바람이 라미를 흔들고 있는 건지 분간이 잘 되지 않았다. 어쨌든 라미의 몸은 이리저리 계속해서 움직이고 있었고, 라미도 자신이 어떻게 움직이고 있는지 모를 일이었다. 라미는 소리를 내려 입술을 짓누르는 압력을 밀어내며 입을 벌리려 하였으나, 약간의 틈으로 들어오는 바람의 힘으로 그것은 헉, 하는 소리만 허용할 뿐 다시 입을 다물게 만들었다. 점점 라미의 발끝이 차가워졌고, 그 차가움은 라미의 종아리를 타고, 무릎을 거쳐, 허벅지에 올라타 순식간에 라미 머리끝까지 덮쳐 버렸다. 라미는 순간 그토록 안정적이었던 (지금 생각해 보니) 땅 위가 아니라 일어서기에는 냉혹한 현실인 물속에서 자신이 허우적거린다는 것을 알아챘다. 수영을 못하는 라미는 순간 자신과 별로 친하지 않지만 늘 예쁜 옷을 입고, 피아노도 잘 치고, 바이올린도 잘하고, 게다가 수영까지 잘하는 주희가 떠올랐다. 가끔 부러움에 질투도 났지만 지금 이 순간, 지금 이 순간 만큼은 진심으로 그녀가 부러웠다. 주희는 이 물속에서라도 인어처럼 살아날 것만 같았다. 수영 다니라고 노래를 불렀던 엄마의 말을 듣지 않았던 자신의 행동을 후회하며 라미는 열심히 허우적거리고 있었다. 그러나 놀랍게도 편안했고, 그게 이상해서 라미는 물과 싸움이라도 하듯 덤벼 대며 허우적거리던 팔과 손의 움직임을 멈추어 보았다. 그런데 신기하게도 라미는 가라앉지도 않고, 그렇다고 떠오르지도 않았다. 게다가 라미는 숨도 쉴 수 있었으며 거기다 걷기까지 할 수 있었다. 라미는 이 물속에서 일어나는 신비한 순간을 꼭 친구들과 가족들에게 알려야겠다며 눈과 마음과 촉감으로 이를 기억하기 위해 주변을 열심히 훑었고, 꼭 자신이 기억하기를 바랐다. 기억력이 좋은 자신을 든든해 하며 마음으로 열심히 일기처럼 기록하였다. 그리고 자신에게 닿는 물을 만졌다. 이건 바닷가에서 만지던, 목욕탕 속에 온몸을 담그고 만지는 그 물의 느낌과 같았다. 그러나 신기하게 라미는 숨 막히지 않았고, 수영을 못하는 일은 아무 문제가 없는 물속에서 걷고 있었다. 기분 좋은 놀람과 함께 라미의 눈에 들어온 것은 너무도 귀엽게 생긴 꼬마 돼지였다. 그리고 주변에는 양들과 소, 얼룩말, 여우, 그 외에 이름을 알 수 없고

컴퓨터에서도 지금까지 한 번도 보지 못했던 여러 가지 동물이 헤엄치고 있었다. 간혹 중간중간 형형색색의 아름다운 빛깔의 옷을 입은 물고기가 지나가곤 했다. 여기는 어디인가? 땅인가 물속인가? 라미는 제일 처음 눈에 띈 꼬마 돼지에게 말을 걸기로 했다.

라미: 안녕? 난 라미야.

귀여운 꼬마 돼지는 즐겁게 헤엄을 치고 놀다가 라미의 목소리를 듣고 라미에게 자신의 눈이 움직이도록 허락했다. 처음에도 귀여웠는데 다시 봐도 또 귀여운 꼬마 돼지였다.

라미: 미안한데, 내가 길을 잃었거든. 여기는 어딜까? 그리고 너는 동물인데 물속에서 숨을 쉴 수가 있어? 아, 그리고 보니 나도 숨을 쉬고 있긴 하지만….

무엇을 먼저 물어야 하나 생각 따위 할 수 없는 시간이었기에 라미는 어버버거렸지만, 귀여운 꼬마 돼지는 라미의 질문을 충분히 이해한 것 같았다.

귀여운 돼지: 뭐가 중요해? 숨을 쉴 수 있다면 그런 거겠지.

라미: 그건 맞아, 하하하. 내가 무슨 대답을 원했는지 모르겠지만, 친절한 대답을 원한 건 분명해. 아주 자세하게 설명해 주는 그런 대답 말이야, 하하하. 그러나 그건 말이 안 되지, 하하. 네 말이 맞아. 내가 궁금할 것도 없지. 여기는 물속이고, 나는 숨을 쉬고 있고, 너는 동물이고, 너도 숨을 쉬고 있고, 여기 보이는 이 친구들도 모두 숨을 쉬면서 잘 다니면 됐지. 그거네. 하하하,

라미는 혼자 어른들의 표현을 빌리면 실성한 사람처럼 배꼽을 잡고 웃었다. 귀여운 꼬마 돼지는 영문은 자세히 알 수 없었지만 라미의 웃는 소리에 기분이 좋아져서 함께 웃었다. 키키키, 카카카, 하하하, 호호호. 둘은 서로 웃음을 주고받으며 서로의 눈을 바라보고 웃었다. 이것은 마치 웃음 놀이 같기도 했다. 지나가는 얼룩말도 합류했다. 이 얼룩말의 형상이 사람으로 변한다면 분명 외국 남자 배우에 딱 걸맞은 잘생김의 형상이었다. 그래서 이후 이 얼룩말은 잘생긴 얼룩말로 부르기로 하자. 다시 돌아와서 잘생긴 얼룩말은 둘의 옆을 헤엄쳐 지나가면서 이 둘의 기괴한 놀이를 목격한 것이다. 그냥 지나치려 했으나, 자신도 모르게 잘생긴 얼룩말도 키키, 하고 웃음이 났

다. 이제 게임은 3명이 되었다. 셋은 삼각형처럼 앉아서 웃었다. 라미도, 귀여운 돼지도, 잘생긴 얼룩말도 신나게, 즐겁게, 기분 좋게 웃었다. 웃음소리가 이렇게 다양하다는 것을 서로가 처음으로 깨달아 가고 있는 것 같았다. 누가 먼저 시작한 건 아니지만, 갑자기 셋은 웃음을 멈추고 같은 동작을 하면서 움직이기 시작했다. 무슨 일인가 하고 좀 더 확대해서 지켜보니 라미가 마치 손에 공이 있는 것처럼 움직이니 귀여운 돼지와 잘생긴 얼룩말이 그대로 따라 하고 있었다. 라미가 없는 공을 있는 것처럼 그것을 귀여운 돼지에게 건네주자, 귀여운 돼지는 그 공을 작게 작게 만들어 입으로 넣고 다시 그것을 항문으로 받아 내는 다소 우스꽝스러운 동작을 했다. 그러자 라미와 잘생긴 얼룩말은 웃음을 내뱉으며 그 동작을 따라 하였다. 셋은 동시에 엉덩이에 손을 가져다 대었고, 거기서 입으로 넣었던 공이 나오기를 기다리자 모두가 깔깔 웃었다. 물결은 그들에게 음악을 선사하여 그들의 놀이는 하나의 퍼포먼스처럼 진행되었다. 그 웃음소리는 너무도 기분 좋은 웃음소리여서 저쪽 바다 돌 위에서 잠을 자던 오렌지빛 여우도 깨웠다. 깨어난 오렌지빛 여우는 이들의 웃음소리를 타고 미끄러지듯 헤엄을 쳐서 그들에게 다가가 물었다.

오렌지빛 여우: 여기서 뭐 해? 왜 이렇게 깔깔대고 웃는 거야?

라미: 안녕? 여우야. 우리 놀고 있는데 들어올래?

오렌지빛 여우: 어떻게 하는 건데?

라미, 귀여운 돼지, 잘생긴 얼룩말: 그냥 우리를 따라 해. 그리고 우리도 너를 따라 할 거야.

그렇게 이제 놀이는 4명이 되었다. 4마리인지 4명인지, 아니면 3마리와 1명인지 알 수 없으나 그냥 4명으로 하자. 넷은 그렇게 손에 공이 있는 것처럼 동작을 하며 서로를 따라 하고 이끌려 갔다. 곧 하늘빛을 내는 코끼리도 합류했다. 아주 작은 물고기들(대략 1,000마리 정도라고 해 두자)은 그들 주변으로 헤엄을 쳐 와서는 구경꾼이 되어 주었다. 그 구경꾼들은 자신의 앞에서 일어나는 멋진 공연에 대해 훌륭한 관객이 되어 손뼉을 치고 깔깔 웃기도 하고, 야유를 보내기도 했다. 손뼉은 라미가 이모 때문에 가능하게 된 '사이드 데벨로뻬' 동작(다리를 들어 귀 옆에 가까이 붙이는 동작)을 선보이자 일어났으며, 이 동작을 따라 하기 위해 다리를 들었다가 발라당 넘어진 잘생긴 얼룩말과 귀여운 돼지의 모습에서는 깔깔 웃음이 반응으로 돌아왔다. 그리고 4명의 존재가 완벽하게 똑같은 동작의 흐름을 연출할 때는 엄청난 야유를 보내 주었다. 이러한 야유에 4명의 존재는 더욱 창의적으로 자신의 동작을 생산하여 나머지 3명의 존재가 자신의 동작을 더욱 빛내 주기를 바랐다. 스스로도 자신의 동작에 감탄하며 이어지는 이들의 움직임의 흐름은 전 세계 순회공연을 하러 이 바닷가에 온 무용단 같았다. 그런데 갑자기 라미는 오른팔을 바다로 흘러 들어오는 빛을 향해 길게 뻗으려는 동작을 하려는 순간, 호흡이 거칠어지는 것을 느꼈고, 바로 자리에서 쓰러졌다. 이 기분은 라미가 11년 동안 살면서 처음 느껴 보는 답답함이었다. 라미의 모습에 3명의 존재가 달려왔다. 그리고 잘생긴 얼룩말이 라미를 품에 안았다. 얼룩말의 품에서 전해지는 따뜻한 기운에 라미는 어떤 두려움은 사라졌지만 호흡이 힘든 건 마찬가지였다. 그들은 라미의 증상을 알고 있었다. 라미는 이곳 생활이 익숙하지 않아 숨을 쉬는 방법을 잘 모르는 것이었다. 그들에게는 호흡이 빠르게 요동치지 않도록 하는, 라미가 모르는 호흡법이 있었다. 그러나 이제 방금 도착한 라미가 그것을 알 리는 없었고, 알 기회도 없었다. 모든 존재가 라미를 에워쌌다. 그 모든 존재의 어여쁜 눈이 라미를 향해 깜빡이고 있었다.

오렌지빛 여우: 얘들아 너무 걱정하지 마. 잠깐 바깥 공기를 쐬면 곧 나아.

귀여운 돼지: 맞아, 얘들아. 내가 데리고 가서 공기를 좀 맡고 오도록 할게.

다들: 좋아, 좋아. 얼른 다녀와.

잘생긴 얼룩말은 라미를 품에서 조금 떼어 내어 한 손으로는 등 쪽에, 한 손으로는 무릎 뒤쪽에 손을 넣으며 번쩍 들어 올렸다. 그리고는 귀여운 돼지의 등에 라미를 올려 주었다.

귀여운 돼지: 거기 등 쪽 중앙에 있는 털을 세게 잡아당겨. 그러면 네가 잡기 좋게 내 살이 튀어나올 거야. 그걸 잡아, 얼른.

라미는 귀여운 돼지가 시키는 대로 그렇게 했다. 돼지의 목 뒤쪽 중앙은 유달리 살이 보드라웠고, 그것을 당기자 손잡이로 하기에 안성맞춤으로 살이 길게 늘어졌다.

귀여운 돼지: 자, 꽉 잡았지? 숨은 아주 천천히 배 아래까지 내려야 해. 그리고 아주 천천히 마신 것보다 2배로 천천히 내뱉으면서 견뎌 봐. 그러면 곧 공기를 마실 수 있을 거야.
라미: 알겠어, 고마워.
귀여운 돼지: 그럼 출발할게.
다들: 잘 다녀와. 정말 즐거웠어. 기다리고 있을게.

그리고 모든 존재가 라미와의 공연에 아쉬움을 담아 손을 흔들었다. 진정으로 다시 만나기를 바라며 말이다.

귀여운 돼지는 천천히 물길을 헤치며 어디론가 가고 있었고, 라미는 최대한 있는 힘을 다해 숨을 길게, 그리고 깊이 들이마시려고 노력했다. 지나가면서 라미를 스치는 것들이 라미의 눈에는 두 형상으로 서로 겹쳐 보여서 어떤 형상이 본 형상인지 알 수는 없었지만, 빛깔이 매우 고운 것임은 분명했다. 라미는 점점 숨이 막히는 것 같은 고통을 느끼다가도 진정하고 숨을 참아 가며 아주 천천히 내뱉을 때는 고통이 사라지곤 했다. 라미는 조금씩 호흡하는 방법을 알 것 같았다. 그것은 느낌이 알려 주었는데, 여러 번 반복하면서 자신의 감각을 느낌으로써 라미는 호흡하는 방법을 습득해 나갔다. 즉, 귀여운 돼지가 알려 준 호흡을 반복하니 라미의 피부 곁에 있는 작은 세포들이 간지러웠으며, 그것들이 서로에게 틈을 내어 주었다. 가슴에서 보이지 않는 근육들이 서로 엉켜서 더욱 복잡하게 밀착하기 위해 단단해졌다. 서서히 밤이 되면 자신의 집으로 돌아가는 햇빛처럼, 밤이 되면 자신의 집에서 서서히 걸어 나오는 달과 별처럼 모든 것이 자기의 위치로 돌아가는 느낌이었다. 라미는 호흡으로 느끼는 이러한 감각에 매료되어 있었다. 고통은 다시 시원함이 되었고, 다시 시원함이 고통이 되는 시간이 그렇게 괴롭지 않았고, 재미있었다. 또한 이 귀여운 돼지 등 위에서 이 보드라운 물결들을 지나, 눈에는 잘 보이지는 않지만 많은 존재가 라미의 출현을 반기며 신비한 조명을 비춰 주니 순식간에 자신이 할리우드의 레드 카펫을 걷는 기분이었다. 저기 멀리서 잠깐씩 비추는 흰빛은 레드 카펫을 걷고 있는 라미를 촬영하고 있는 사진작가인가? 라미는 키득키득 웃으며 자신의 상상을 즐겼다.

귀여운 돼지: 괜찮니?

라미: 응, 응. 아주 좋아. 네가 가르쳐 준 대로 숨을 쉬고 있으니 꿈꾸는 것 같아. 뭐, 사실 지금 이곳이 꿈일지도 모르지만 말이야.

귀여운 돼지: 자, 도착했어. 내가 좀 더 위로 올려 줄 테니까 등을 밟고 일어나.

라미: 여기는 어디야?

귀여운 돼지: 공기를 마실 수 있는 곳이야. 멀리까지 정말 잘 참아서 다행이야.

라미가 주변을 둘러보니 눈이 아직 침침하여 잘 보이지 않았다.

그러나 아까와 같은 빛들은 사라졌고, 주변에는 나무들이 물속에서 자신들의 자리를 굳게 지키고 있었다.

귀여운 돼지: 자, 얼른 일어나서 얼굴을 위로 내밀어. 그럼 내가 조금 씩 올려 줄 테니까 공기를 좀 마셔.

라미: 알겠어.

라미는 귀여운 돼지의 폭신한 등 위에 오른발을 먼저 올리고 다시 왼발을 올려서 단단히 고정되었음을 확인하고는 상체를 들어 올렸다. 라미의 얼굴은 물의 길을 완전히 벗어나서 밖으로 튀어 나갔다.

라미: 푸우!

바깥세상과 만난 라미는 일단 숨을 내뱉었다. 그리고 눈은 잘 보이지 않았지만 일단 숨을 크게 들이마셨다. 시원하고 향기로운 공기가 라미의 콧구멍 안으로 말려 들어왔다. 라미는 계속해서 공기를 마셨고, 눈을 깜빡이며 자신의 눈 상태를 확인했다. 점점 라미의 눈이 밝아졌다. 점점 라미의 눈에 무언가가 들어왔다. 온전히 라미의 눈이 어떤 형상을 받아들일 준비가 되자마자 라미는 공기를 들이

마시기 위해 크게 벌린 입을 다무는 것을 잊어버리고 말았다. 라미의 눈동자를 확대해서 보니 물고기들이 날아다니고, 인어공주가 날아다니고 있는 것이 아닌가? 점박이 무늬를 한 꽃게들도 날아다니고 있었고, 속눈썹이 긴 것이 매력인 반들반들 돌고래도 날아다니고 있었다. 지금 이곳이 물속인가? 자신의 얼굴 아래에 담겨 있는 곳이 물속인가? 라미는 순간 생각해 보았으나 스스로 판단할 수 있는 문제가 아님을 깨달았다. 라미의 벌린 입이 다물어진 것은 누군가의 목소리를 듣고 나서였다. 목소리가 난 곳으로 얼굴을 돌리면서 라미는 입을 다문 것이다. 그런데 이건 분명히 쌍둥이의 목소리와 똑같았다. 기억력이 좋은 라미는 자신의 기억력을 믿었다.

분홍빛 쌍둥이 남자아이 목소리: 도대체 여기서 뭐 하는 거야?
라미: 맞았어. 나는 너일 줄 알았어.
분홍빛 쌍둥이 여자아이 목소리: 자, 어서 내 손을 잡아.

라미는 얼떨결에 그 말을 듣자마자 자신의 오른손을 그녀에게 주었다. 라미의 오른손에 곧 3개의 손이 더 달라붙었고, 그 힘은 라미를 힘차게 끌어올렸다. 그리고 셋은 철퍼덕 땅 위에 주저앉았다.

귀여운 돼지: 아, 너희들 친구였구나. 우리랑 놀다가 갑자기 숨이 멎을 뻔했지 뭐야. 그래서 데리고 왔어.

라미: 맞아. 그랬지. 아, 정말 재미있었는데 말이야. 아쉬워.

분홍빛 쌍둥이 남자아이 목소리: 어쩐지, 물속에서 진동이 느껴져서 머리가 찢어질 듯 아파서 찾으러 와 봤지.

분홍빛 쌍둥이 여자아이 목소리: 걱정했는데 이렇게 멀쩡하니 정말 다행이야.

귀여운 돼지: 이제 어때?

귀여운 돼지가 라미 쪽으로 얼굴을 돌리며 물었다.

라미: 완전히 괜찮아졌어. 얼른 친구들한테로 가자.

분홍빛 남자아이 목소리: 어디 간다구? 다시 물속으로 간다구?

라미: 응, 우리 놀이가 아직 끝나지 않았단 말이야.

분홍빛 여자아이 목소리: 안 돼. 그곳에 너무 오래 있을 수는 없어.

라미: 아니야, 난 오는 길에 호흡하는 법도 다 배웠단 말이야. 봐봐. 아주 쉽더라구. 이렇게 크게 숨을 들이마셔서 배까지 그 숨을 내리는 거야. 그리고 아주 천천히, 내 앞에 놓인 아주 다양한 사탕을 먹고 싶지만 꾹 참는 마음을 갖고 하나를 집

어서 아주 천천히 아끼면서 빨아먹는 것처럼 쓰윽, 하고 길게 숨을 내뱉는 거지. 어때? 나 잘하지?

귀여운 돼지: 하하하. 그래, 아주 잘하는데.

분홍빛 쌍둥이 여자아이 목소리: 그렇지만 그것만으로 그곳에 있을 수는 없어. 조금만 더 있으면 에너지가 고갈되어 너는 힘을 쓸 수 없게 될 거야. 지금 이렇게 건강하게 땅을 딛고 설 힘조차 없어진다구. 물속에서는 힘이 없어 여기저기 흘러가게 될 거야. 그러면 아무도 너를 찾지 못한다구.

라미: 무슨 말인지 모르겠군.

귀여운 돼지: 그렇구나. 안 되겠다. 다음에 다시 만나야겠는걸.

라미: 친구들도 보고 싶은데 가서 인사라도 하고 싶은데, 안 되겠지?

분홍빛 쌍둥이 여자아이 목소리: 길이 너무 멀어.

귀여운 돼지: 너의 인사는 내가 전해 줄게. 모두가 이해할 거야.

라미: 우린 언제 다시 놀까? 어떻게 찾아가지? 난 길을 모르는데.

귀여운 돼지: 우리가 그리울 때 우리를 생각하면서 불러.

라미: 뭐라고 불러?

귀여운 돼지: 그건 뭐라도 좋아. 네가 우리를 그리워하는 마음만 있으면 돼. 그리고 아까 내가 알려 준 숨쉬기 알지? 그걸 계속하면서 우리를 불러. 그럼 우린 다시 만날 수 있어.

라미: 정말? 숨쉬기는 이제 정말 자신 있어. 걱정 마. 그럼 친구들에게 가서 이야기 잘 해 줘. 특히 그 잘생긴 얼룩말 말이야. 세상에 그렇게 포근한 품은 처음이야. 엄마 품이랑 또 다른 것 같아. 거기다 나를 번쩍 안아서 너의 등 위에 태울 때는 정말 내 심장이 쿵쾅쿵쾅했다구. 그래서 더 숨이 넘어갈 뻔해서 내가 심장을 불끈 손으로 쥐었지. 호호호.

귀여운 돼지는 라미가 귀엽다는 듯이 웃으며 땅 위에 남은 세 존재에게 손을 흔들고는 물속으로 자신의 몸을 담그고 서서히 물결 속에 여운을 남기며 사라져 갔다. 귀여운 돼지의 퇴장 장면을 물의 커튼이 내려질 때까지 쳐다보던 라미의 눈에는 눈물이 글썽거렸다. 좀 전의 짧은 즐거움과 행복감이 그리운 눈물이었다. 라미의 볼 위에 그리움의 눈물 한 방울이 스르르 광대 곡선을 타고 미끄러져 내려왔다.

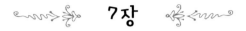

7장

돌, 돌, 돌의
세상

. . .

귀여운 돼지와의 슬픈 작별의 마음은 곧 라미의 눈에 계속해서 들어오는 세상에 의해 점차 새로운 마음으로 변해 가고 있었다. 좀 전에 보았던 날아다니는 물고기, 인어공주, 돌고래 주변으로 보이는 것이 더욱 분명하게 라미의 눈에 들어왔다. 그 주변은 온통 돌로 뒤덮여 있었다. 그렇다. 분명 돌이었다. 그러나 그 색깔은 아주 다양했으며, 그 신비한 색깔들은 세상을 장식하고 있었다.

라미: (놀라며) 와아, 세상에 이런 돌들이 있구나. 나이가 40대지만 여전히 어린아이처럼 순수하고 낭만을 무진장 좋아하는 이모는 바닷가에 가서 돌을 줍는 것을 좋아했어. 나도 바다를 좋아해서 이모가 갈 때면 늘 따라갔는데. 우린 바닷가에서 돌을 주워 와서 물감으로 예쁘게 색칠하고 놀았어. 와, 물감에는 이런 색이 없는데. 있었다면 나는 더 예쁘게 만들 수 있

었을 텐데. 이런 색은 어떻게 만들지?

라미는 특별히 누군가에게 말한 건 아니지만 곧 옆에 분홍빛 쌍둥이가 있다는 것을 깨닫고 궁금증이 생기자 옆을 돌아보았다. 그러나 라미 옆에 분홍빛 쌍둥이는 없었다.

라미: 어, 어디 갔지? 쌍둥이야, 쌍둥이야!

라미는 놀라서 이름 모르는 쌍둥이를 큰 소리로 불렀다. 그 부름에 누군가 "벌써 갔어."라고 대답했다. 그 소리에 라미는 고개를 옆으로 돌려보았지만, 누구인지 보이지 않았다. 자신의 피를 빨아먹은 모기를 잡으려는 집념으로 라미는 목소리의 위치를 찾으려 이리저리 고개를 돌렸다. 그때, 바로 앞쪽에 파란색 바위에 기대어 두 팔을 머리 뒤쪽으로 괴고 다리를 꼬고 앉아서 디오니소스처럼 햇살을 여유롭게(어찌나 여유롭던지) 받고 있는 노란색 돌이 보였다. 눈을 깜빡거리는 것으로 보아 방금 그 누군가의 목소리 주인이 분명해 보였다.

라미: 방금 네가 대답한 거야?
노란색 돌: 응. 걔들은 벌써 갔어.

라미: 어디로 간 줄 아니?

노란색 돌: 모르지. 자기 길을 갔겠지.

라미는 천천히 조심스럽게(두렵거나 무서운 마음이 있었던 것은 아니었다) 노란색 돌 쪽으로 걸어갔다.

라미: 너는 누구야? 난 라미라고 해.

노란색 돌: 그냥 네가 부르고 싶은 대로 불러.

라미: 응? 내가 부르고 싶은 대로? 난 너의 이름을 부르고 싶어.

노란색 돌: 그럼 이름이라고 불러.

노란색 돌은 꼬고 있던 오른쪽 다리를 내려 왼쪽 다리로 바꾸면서 이렇게 말했다. 라미는 순간 웃음이 나왔다. 이름을 이름이라고 짓는 사람은 없기 때문이다.

라미: 하하하. 그거 재밌는데? 이름이 이름이라니. 하하하.

노란색 돌은 그런 라미가 귀여운지 살짝 입가를 올려 웃어 보였다. 라미가 이어 말했다.

라미: 음… 그래도 내 생각에 이름이 이름이면 웃기긴 하는데, 멋이 없으니까 음….

이렇게 말하고 라미는 잠시 입술을 위, 아래, 옆으로 조금씩 움직이며 웅얼웅얼하더니 갑자기 박수를 치고 좋아하기 시작했다.

라미: 아하, 생각났어. 생각났어. 네 이름 말이야. 난 너를 엘스라고 부르고 싶어. 왜인지 알아? 물어봐 줘.
노란색 돌: 이유를 알지만 네가 모르길 바라는 것 같아 모르는 척하고 물어봐 줄게. 왜?

노란색 돌의 "왜?"라는 물음에 라미는 기뻐하며 말하기 위해 숨을 들이마시고는 내쉬면서 답하였다.

라미와 노란색 돌: (동시에) 노란색 돌.

하하하. 라미와 노란색 돌이 서로 눈이 마주치자 이렇게 그들의 웃음이 그 세상을 기쁘게 꾸며 주었다. 라미와 노란색 돌의 웃음소리에 신나게 하늘에서 헤엄치고 있던 물고기들과 돌고래, 인어공주도 동시에 웃었다. 그들이 웃는 소리가 세상을 한동안 덮었다.

하하하, 호호호, 까르르 까르르, 푸하하.

라미: 맞아. 맞아. 노란색 돌이기 때문이지. 그런데 노란색 돌이라
고 하면 너무 기니까 옐로우의 '옐', 스톤의 '스'. 하하하, 나의
이름 짓기 실력이 어때?
노란색 돌: 실력이 멋지고 좋은데? 하하하.

라미는 노란색 돌의 칭찬과 자신의 이름 짓기 실력에 감탄하여 두
손을 깍지를 끼고 자신의 가슴으로 가져와서는 가슴 깊이 감동하고
있었다. 노란색 돌은 친절하게 그 모습을 입가에 미소를 지으며 지
켜봐 주고 있었다. 이름이 마음에 드는지 아닌지는 해설자도 알 수
없었다.

라미: 참, 그런데 이곳은 온통 돌이네. 그리고 모두 각자 움직이고
있는 것 같아. 서로 이야기하는 사람, 아니 물체, 아니, 존재들
이 없네. 옐스만 빼고 말이야. 너는 나랑 이야기하고 있잖아.
노란색 돌: 각자 자신의 할 일에 집중하고 있지.

이제 라미는 신기할 것도 없었다. 이쯤 되니 만나는 자들만의 존재 방식에 익숙해졌다. 이곳에서는, 즉 라미가 지금 탐험하고 있는 이 세계에서는 있는 그대로 받아들이는 것이 당연하다는 것을 라미도 깨달았다.

라미: 그런데 여기가 너무 예뻐. 나 이곳을 구경하고 싶은데 이곳을 나에게 구경시켜 줄 수 있니?

노란색 돌: 네가 원한다면.

라미: 와, 정말? 정말 고마워. 그럼 나 구경시켜 줘.

노란색 돌은 머리 뒤에 고이 모셔 놓은 두 손을 밖으로 풀고 몸을 일으켰다. 라미보다 머리 하나 아래에 있는 정도의 길이였다. 일어난 노란색 돌은 라미에게 따라오라는 말도 없이 라미 옆을 스쳐서 앞으로 직진해서 나갔다. 라미도 얼른 뒤따라가 옆에 서서 노란색 돌의 발 속도를 맞추어 떨어지지 않기 위해 노력하며 걸었다. 형형색색 돌로 장식된 주변은 판타지 만화에서도 라미가 볼 수 없었던 아름다운 곳이었다. 라미는 입을 떠억 벌리며 돌의 형태와 색에 감탄했다. 라미는 나무 형태를 띤 황금색 돌 조각의 몸통을 손으로 만져 보았다. 돌이라 딱딱할 줄 알았지만 라미 손의 촉감으로 전해져 온 나무돌의 촉감은 너무도 부드러워 실크를 만지고 있는 건 아닌가 하고 착각할 정도였다. 지칠 정도로 신기한 것의 연속이지만, 신기함은 계속해서 라미에게 또 다른 신기함을 주었다. 어떤 돌은 순간순간 다람쥐 형태로 변했다가, 도토리 형태로 변했다가, 고양이의 형태로 변했다가, 쥐의 형태로 변했다가, 사자의 형태로 변했다가, 토끼의 형태로 변했다가 반복하며 자신의 존재 방식을 즐기고 있었다. 라미는 아쿠아리움에 온 것처럼 신기한 물고기를 감상하듯 그렇게 돌들을 감상했다. 노란색 돌이 과일 형태의 돌이 잔뜩 쌓인 과일돌섬을 오른쪽으로 끼고 우회전하려는 순간, 라미는 이상한 소리를 들었다. 아니, 이상한 소리가 아니라 그것은 분명 한숨 소리였다. 그리고 살짝 흐느끼는 것 같기도 한 소리였다. 분명 그러했다. 라미는 순간 자신이 탐정이라도 된 듯 소리가 나는 쪽을 찾기 위해 모든 집중을 귀로 쏟았다. 라미의 탐정 놀이는 노란색 돌의 목소리에 끝이 났다.

노란색 돌: 수고해.

노란색 돌은 잠시 방울꽃 모양을 한 민트색 돌 앞에 멈춰 섰다. 민트색 돌꽃은 정말로 눈에서 눈물이 나고 있었다. 라미가 들었던 "수고해."라는 말은 분명 노란색 돌이 민트색 돌꽃에게 한 말이었다. 노란색 돌은 자신의 발아래에 있는 민트색 돌꽃을 향해 "수고해."라고 말한 것이다. 이어서 노란색 돌은 다시 말했다.

노란색 돌: 네가 우니 마음이 아프네. 힘내고, 우리는 지금 산책 중이야. 같이 갈래?

민트색 돌꽃: 아니, 이 자리가 좋아, 나는. 내가 산책 간 동안 그가 올지도 모르잖아. 그럼 나는 또 그를 볼 수가 없어.

노란색 돌: 그래, 네가 원하는 대로 해. 그럼 우린 먼저 갈게.

민트색 돌꽃: 그래, 잘 가.

이 대화는 무슨 대화일까? 그는 누구이며, 민트색 돌꽃은 왜 울고 있을까? 신기함을 눌러 버리는 궁금증이 라미를 덮쳤다. 라미는 노란색 돌과 민트색 돌꽃이 각자의 길을 찾는 모습을 보자마자 노란색 돌에게 물었다.

라미: 엘스, 저 돌은 왜 울고 있어?

노란색 돌: 여기에서 돌연변이야.

라미: 돌연변이?

노란색 돌: 여기서는 어느 누구도 집착을 하지 않는데, 저 돌은 집착

이 엄청나.

라미: 돌연변이는 뭐고, 집착은 뭔데? 쉽게 말해 줄 수 있을까, 옐스? 왜 울고 있어?

노란색 돌: 한번 자신에게 왔던 벌이 그리워서야.

라미: 벌? 그러니까, 벌이 민트색 돌꽃을 찾아온 거야?

노란색 돌: 그렇지. 그 벌도 길을 잃어서 여기에 왔는데 꿀을 찾으러 샤링(민트색 돌꽃) 위에 앉았지 뭐야. 그런데 우린 돌이잖아. 돌에게 꿀은 없지. 그래서 벌은 실망하고 가려는데 그때 민트는 벌에게 말을 걸었지. 그리고 서로 이야기를 나누었다가 서로 사랑을 느꼈다나 어쨌다나. 아무튼 그래서 잘 지냈는데 벌은 꿀이 먹고 싶어서 떠날 수밖에 없었지. 그래서 작별 인사를 하려는데 신기하게도 헤엄치고 있던 달팽이 등에서 땀이 떨어져서 샤링 위에 떡하니 붙었지 뭐야. 그런데 벌이 꿀인 줄 알고 먹었는데 그게 그렇게 맛있었대. 그래서 그 꿀맛이 나는 땀이 떨어질 때까지 또 둘이 사랑을 느꼈다나 어쨌다나. 그런데 모든 것에는 다 끝이 있는 법이지. 또다시 그 꿀은 없어지고 벌은 떠날 수밖에 없었어. 그래서 샤링에게 정말로 작별 인사를 했대. 그런데 너무 슬픈 샤링은 그 벌을 놓치고 싶지 않아서 자신의 몸 일부를 긁어서 흠을 냈지. 그 흠 사이에 벌

의 날개가 끼게 만든 거야. 날아가지 못하도록 말이야.

라미: 어머, 세상에. 그래서?

노란색 돌: 그래서 어쩔 수 없이 벌은 더 머무를 수밖에 없었지. 그런데 벌은 점점 샤링에게 지루함을 느끼기 시작했고, 더 이상 행복하지 않았지. 아니 행복하지 않은 게 아니라 점점 불행해졌지. 그래서 있는 힘껏 자신의 날개를 틈에서 빼 버린 거야. 물론 날개는 반쯤 떨어져 나갔지. 그리고는 한 짝하고도 반쪽인 날개를 가지고 샤링에게 작별 인사도 없이 날아가 버린 거야. 그 뒤로 샤링은 계속 저렇게 한숨을 짓고 흐느끼고 있고 그래. 우리 세상에서는 그건 있을 수도 없는 일이고, 그걸 원하는 존재도 없는데 샤링만은 그렇게 집착을 하더라고. 간혹 그렇게 돌연변이가 있지. 너희 인간들처럼 말이야.

라미: 우린 인간들을 알아, 옐스?

노란색 돌: 그럼, 잘 알지. 가끔 이곳을 지나가는 인간들과 나는 친했어. 너랑 친해진 것처럼 말이야. 그리고 그곳 세상 이야기도 많이 알지.

라미: 맞아. 우린 그렇게 집착을 해. 나도 마찬가지고. 나는 아직 사랑을 한 적은 없어서 그런 마음을 모르는데 엄마가 보는 드라마는 온통 집착 이야기야. 주인공들이 내내 그것 때문에

서로 미워하고 괴롭히는 걸 많이 봤어. 참, 샤링 얘기를 들으니 우리 이모 같아. 엄마 얘기로는 그렇게 누군가와 사귀면 집착을 했대. 거기에 지쳤는지 지금은 아무도 만나지 않아서 엄마와 할머니가 걱정을 하긴 해. 어쨌든 너무 슬픈 이야기네. 샤링이 가엾다. 샤링에게 나는 이 노래와 춤을 선물하고 싶어.

그렇게 말하고 라미는 다시 이 세상을 무대로 만들고 그 위에 올라섰다. 그리고 두 손을 가슴으로 가져가 슬픈 여인의 표정을 지었다. 그 두 손은 가슴을 쓸어내리기 시작했고, 라미는 천천히 오른쪽 다리를 들어 올렸다. 그리고 라미는 슬픈 여인의 춤을 추었다. 노래와 함께.

내 슬픈 이 가슴을 그대는 아는가?

오, 그대여.

이 마음을 그대에게 보내오.

그대, 제발 나의 마음을 읽어 주오.

라미는 두 다리를 공중으로 앞뒤로 뻗으며 하늘로 날아오르는 그

랑제떼 동작을 하고는 이내 바닥으로 쓰러지는 동작을 해 보였다.
그리고 노래를 잇는다.

이 마음이 그대에게 도착하면

꼭 다시 이 자리로 돌아와 주오.

나 여기 있으니

언제나 여기 있으니

꼭 다시 이 자리로 돌아와 주오.

오, 그대여.

내 마음이 당신에게 날아가고 있다오.

오, 그대여.

꼭 다시 이 자리로 돌아와 주오.

이렇게 노래를 부르고 라미는 고개를 잠시 떨어뜨렸다. 그리고 천
천히 몸을 일으켜 오른손을 하늘로 뻗어 천천히 무언가를 잡는 동
작을 했다.

노란색 돌은 동작이 끝남의 흐름을 읽고 박수를 쳤다.

노란색 돌: 너무 감동적인걸. 샤링이 보면 좋아했을 거야. 아니, 더 슬퍼서 울지도 모르겠네. 어쨌든 너의 그 춤과 노래는 내가 꼭 샤링에게 이야기해 줄게.

라미: 그래, 고마워. 어쨌든 나는 사랑은 모르지만 절대 그렇게 집착하지 않을 거야. 물론 내 마음대로 되지 않겠지만 말이야.

이 말이 끝나자 갑자기 라미의 얼굴이 이마에서부터 눈, 볼까지 찡 그려지기 시작했다.

라미: 그, 그런데 나 갑자기 다리에 힘이 없어. 다리에 힘이 풀리는 것 같아.

노란색 돌: 너의 에너지가 이제 다 고갈되어 가는구나. 이제 이곳에 있으면 안 될 것 같아. 돌아가야지. 네가 있는 곳으로 말이야. 모든 존재는 자신의 길로 돌아가게 되어 있으니 너도 이제 너의 길로 가야 할 때가 온 것 같아.

라미: 맞다. 우리 엄마.

라미는 순간 머릿속에서 지진이 나는 듯한 느낌을 받았고, 얼굴이 창백하게 변했다.

라미: 그러고 보니 지금 몇 시지? 엄마를 찾아야 하는데.

라미는 노란색 돌의 이야기를 듣자 갑자기 잊고 있던 엄마의 존재가 떠올랐다. 그리고 보니 이곳은 시간이라는 것이 없어 지금 라미는 어느 시간의 지점에 있는지 도저히 알 수가 없었다. 마트 문이 닫을 시간이 지났다면 엄마가 라미를 찾으러 하루 종일 돌아다녔을 것이다. 그 생각을 하니 갑자기 라미는 슬퍼졌다. 이곳에 온 이후 잊고 있던 슬픔이 찾아왔다.

라미: 큰일 났네. 엄마가 나를 찾을 텐데. 가엾은 우리 엄마, 지금 쯤 나를 애타게 찾고 있을 거야.

라미는 자신을 애타게 찾을 엄마를 생각하자마자 남의 일로만 느껴졌던 그 샤링의 눈물이 곧 자신의 것임을 깨달았다. 이미 라미의 눈과 볼은 눈물로 따뜻해지고 있었기 때문이다.

노란색 돌: 네가 있는 곳으로 돌아가는 길은 아무도 모르는데 어쩌지. 나는 이곳 끝에 있는 문까지만 너를 데려다줄 수 있어. 네가 돌아갈 수 있도록 그 문이 열린다면 그 끝 문에 너의 친

구가 기다리고 있을 거야.

라미: 나의 친구? 아, 분홍빛 쌍둥이 말이야?

노란색 돌: 그렇지. 그 친구들만이 너를 데려다줄 수 있을 거야. 나는 그렇게 알고 있어. 그러나 지금은 부를 수가 없어. 그러니 그 끝 문까지 너를 데려다줄게.

라미는 눈물을 닦으며 고개를 끄덕였다.

라미: 끝 문이 멀어? 그리고 지금 몇 시야?

노란색 돌: 몇 시? 여기는 시간이 없어. 그냥 흘러갈 뿐이야. 그리고 여기 흐름은 너희와 달라. 인간 세상이니 너는 아마 돌아가면 어른이 되어 있을지도 몰라. 아니면 다시 갓난아기가 되어 있을지도 몰라. 나는 이곳에만 있어서 거기가 어떻게 돌아가는지 모르겠네.

이 말을 듣자마자 속에 남아 있던 눈물이 라미의 눈을 문처럼 박차고 튀어나오기 시작했다. 엉엉.

라미: 우리 엄마 어떡해? 나를 잃어버린 줄 알면 어떡하지? 어떡하

지? 어떡하지? 아, 머리가 아파. 갑자기 왜 이러지? 왜 이러지. (큰 소리로) 아!

라미는 이렇게 비명을 지르고 쓰러졌다. 이 아픔은 라미의 눈물이라는 발이 라미의 눈이라는 문을 더욱 힘차게 걷어차도록 도왔다. 라미는 더욱 세차게 울기 시작했다.

노란색 돌: 자, 자, 그만 눈물을 좀 닦아 봐. 그렇게 우는 것만으로 도움이 될 건 없어. 지금 네가 흥분해서 주파수가 다른 주파수와 얽혀 버렸어. 정신 차리자. 일단 가 봐야지. 먼저 주파수부터 맞추고. 어서 일어나.

노란색 돌은 라미를 부축해서 일으켜 세웠다. 라미는 우느라 몸이 바닥에서 떨어지지 않았지만 노란색 돌의 말을 들어야 한다는 것은 명백하게 알고 있었다. 라미는 최선을 다해 일어나기 위해 노력했다.

노란색 돌: 지금은 돌이킬 수 없어, 모든 것이. 그리고 너는 분명히 이곳에 올 때 주의를 받았을 거야. 가면 안 된다는 것을.

라미는 여전히 울먹이며 말했다.

라미: 그래, 생각났어. 내가 그 토끼의 꼬리를 놓지 않으면 영영 돌아가지 못할지도 모른다고 들었어. 그러나, 나는 그때 어쩔 수 없었어. 그때 놓아 버리면 나는 이미 떨어져서 죽었을지도 모르니까 말이야.

노란색 돌: 그래, 좋아. 그러니 침착해. 넌 돌아갈 수 있을 거야. 그것만 믿어. 대신 네가 원하는 그 시점으로, 네가 원하는 대로 되지 않는다는 것만 기억해. 그리고 너는 거기에 분명히 책임을 져야 해. 네가 원해서 온 거니 말이야. 이건 분명한 사실이고, 네가 그렇게 하겠다고만 한다면 이곳의 에너지들이 분명히 너를 도울 거야. 불쌍한 엄마를 위해서 어서 정신 차리고 서두르자. 주파수부터 정리하자. 잠시 내 눈을 봐. 그리고 숨을 크게 들이마시고 잠시 참아.

라미는 자신의 구원자가 될 노란색 돌의 말을 아주 정중히 존경심을 가지고 따랐다. 숨을 크게 들이마시고 잠시 참았다. 노란색 돌은 눈을 감고 라미의 두 손을 자신의 두 손으로 감쌌다. 마치 어미 새가 그 자신의 사랑과 따뜻함이 가득한 날개로 아기 새를 가슴에 품는 것처럼.

노란색 돌은 라미의 숨이 넘어가기 직전, 그래서 라미의 얼굴이 온통 발갛게 물들 때까지 숨을 참게 했다. 그리고는 데드 포인트(Dead Point)가 다가왔다고 판단될 때 다시 숨을 내쉬게 했다. 눈알이 바깥으로 튀어나올 듯이 아팠지만 라미는 꾹꾹 잘도 참아 냈다. 마음으로 온통 엄마를 생각하면서 말이다.

노란색 돌: 좋아. 그리고 길게 내뱉어. 아주 천천히.

라미는 그렇게 했다. 노란색 돌의 지시대로 말이다. 아주 천천히. 노란색 돌은 라미의 두 손을 꼭 잡고 이것을 계속해서 반복하도록 안내했다.

노란색 돌: 불안을 믿음으로 바꾼다.

라미는 옅은 진동이 있는, 떨리는 목소리로 그 말을 따라 했다.

라미: 불안을 믿음으로 바꾼다.

노란색 돌과 라미는 서너 번 이 동작을 반복해서 행했다. 모두의 눈에 보이는 것인지, 해설자의 눈에만 보이는 것인지는 모르겠지만 라미의 뒤통수에서 레이저와 같은 빛이 위를 향해 뻗어 나왔고, 그 빛은 이내 재가 되어 아래로 떨어졌다.

라미는 머리의 고통이 서서히 풀리기 시작하는 것을 느꼈고, 노란색 돌의 손이 굉장히 따뜻하다는 것을 느꼈다. 이제 모든 것이 괜찮아졌다. 엄마를 다시 만날 수 있다는 믿음도 생겼다. 그리고 라미도 알고 있었다. 지금은 모든 것이 라미의 손을 떠났다는 것을. 라미가 돌이킬 수 있는 일은 단 하나도 없는 것이다. 라미는 이 말을 되뇌었다. "불안을 믿음으로", "불안을 믿음으로" 좀 전에 노란색 돌이 해 준 말이다. 라미에게는 너무도 위안이 되는 말이며 물에 빠진 라미에게는 자신을 구해 줄 나뭇잎 같은 말이다. "불안을 믿음으로, 불안을 믿음으로."

8장

동굴 속으로
- 끝 문을 향하여

. . .

라미의 주파수가 온전하게 이곳의 진동을 찾은 것을 확신한 노란색 돌은 라미의 호흡이 빨라지지 않도록 천천히 걸었다. 라미는 그의 걸음에 맞추어 그를 따라갔다. 라미는 그를 따라가면서 마음을 가다듬고 주변을 둘러보았다. 이제 어쩌면 못 볼지도 모르는 이 황홀하고 평화롭고 아름다운 세상을 자신의 온몸으로 느끼고 싶은 마음에서일 것이다. 조금 전 라미의 난리에도 이 세상은 참으로 평화로웠다. 어떤 질서도 흐트러지지 않았다. 노란색 돌 외에 아무도 라미에게 말을 걸지 않았지만 그 평화로운 침묵이 라미를 감싸 주고 있는 듯했다. 라미는 걷는 동안 평온함을 느꼈다. 다시 자신의 세상으로 돌아가지 못한다는 불안은 더 이상 라미의 의식이나 마음, 몸에서는 있을 곳이 없었다. 갑자기 파고들어 자신의 자리를 확보하려 했지만 그것들의 계획은 완전히 실패한 것이다. 다시 계획을 세우지 않고서는 라미의 몸 어디에도 있을 자리는 없었다. 아마도 라미의 깊은 무의식으로 숨어 있다가 갑자기 다시 찾아올지도 모를 일이지만 말이다. 어쨌든 참으로 잘된 일임은 확실하다.

　노란색 돌은 자신의 몸 크기만 한 구멍이 있는 곳에 발을 멈추었고, 한 발 더 나아가려던 라미도 이내 노란색 돌의 발의 흐름을 깨닫고 자신의 발길을 멈추었다. 누가 봐도 안이 동굴이라는 것을 알 수 있는 구멍이었다. 단, 동굴 속에 들어가기 전에는 개개인이 각기 다른 상상을 하겠지만 말이다.

　노란색 돌은 그대로 그 구멍 속으로 걸어 들어갔다. 라미는 이제 어떤 질문도 생기지 않았다. 노란색 돌만을 따라 그대로 행하는 것이 지금 라미의 일이다. 이전에 보지 못했던 것이든, 어떤 일이 일어날지에 대해서든, 이곳에는 무엇이 있는지, 어떠한 궁금증도 일어나지 않았고 그대로 지금 자신의 길을 묵묵히 가고 있었다. 이전의 라미라면 들어가기 전에 조잘조잘 많은 질문을 노란색 돌에게 했을 것을 우리 모두 한번 생각해 볼 수 있겠다. 그러나 이제 라미는 자신의 경험에 의해서만 일어날 수 있는 하찮은 궁금증과 질문들에는 관심이 없다. 라미는 그저 자신의 길을 가는 것이다. 마음속에는 사랑하는 엄마를 다시 보겠다는 희망과 그 믿음만을 가지고. 그것이 불가

능하게 될지도 모른다는 불안감에는 자신의 어디에도 문을 열어 주지 않고 말이다. 질문들은 어쩌면 불안이 더욱더 쉽게 문을 열고 들어올 수 있도록 허용하는 일일지도 모른다.

구멍은 라미의 키보다 조금 작았기 때문에(이미 말했듯이 노란색 돌의 길이는 라미보다 짧다) 라미는 머리를 숙여서 노란색 돌을 따라 그 구멍으로 들어갔다. 앞은 깜깜했지만 라미는 노란색 돌의 존재가 주는 느낌과 발자국 소리를 따라서 자신의 발을 옮겼다. 이제 이 어둠도 라미의 마음을 들뜨게 하거나 공포를 느끼도록 만들지 못했다. 몇 발자국을 갔을까? 한 발짝을 더 짚으니 라미의 눈에 노란색 돌의 형태가 드러났고, 라미의 눈에 보이는 동굴 속은 아주 어두웠지만 여기저기 반딧불과 같은 빛을 만들어 내는 존재들 덕에 빛의 축제처럼 반짝거렸다.

라미: 와아!

감탄사가 나오는 걸 보니 이제 확실히 라미가 안정된 것임이 분명하다.

노란색 돌: 이 길 끝에 문이 있어. 그 문을 열면 너의 집으로 갈 수 있는 길이 있을 거야. 그런데 말이야….

라미: 응? 그런데 말이야, 뭐?

노란색 돌: 여기를 통과하려면 조금 괴로울지도 몰라.

라미: 좀 전의 나의 고통보다 더 괴로워?

노란색 돌: 그건 나도 모르지. 네가 어떻게 느끼게 될지 나도 모르는 일이니까.

라미: 상관없어. 조금 전 나의 고통보다 고통스러울 순 없다고 난 생각해. 엄마를 잃은 아이의 마음보다 괴로운 일은 없잖아.

노란색 돌: 어쨌든 난 네가 그 끝 문까지 갈 수 있길 바랄 뿐이야. 나는 함께할 수는 있지만 너를 억지로 끌고 갈 수는 없거든.

라미: 걱정 마. 나는 너무 큰 고통을 겪어서 지금은 아주 강한 라미가 되었다구.

노란색 돌은 이런 라미의 당당함이 귀엽다는 듯 웃어 보였다. 순간 라미는 처음 노란색 돌을 보고 느꼈던 어색함이 모두 사라짐을 느꼈다. 저 미소는 처음에는 아주 생소한 어떤 것이었는데 이제는 너무도 친숙한 미소이며 그 미소는 라미가 모든 것을 할 수 있다는 자신감을 불어넣어 주는 하나의 에너지 드링크 같은 것이 되어 버렸다. 시간이 얼마나 흘렀는지 감지할 수 없고, 그럴 가치도 없지만 둘은 그렇게 흐름을 통해 아주 친숙한 사이가 되어 있었다.

고통. 그것은 무엇일까? 무엇이 라미에게 더 큰 고통이 될까? 그리고 또한 고통은 크고, 작고, 길고, 가늘고, 깊고, 얕은 것이 있을까? 고통은 그대로 고통인 걸까? 큰 고통은 더 크게 아프고, 작은 고통은 더 작게 아픈 걸까? 그리고 그건 느끼는 걸까? 아는 걸까? 해설자는 갑자기 고통이라는 단어에 이러한 물음이 일어났다. 그러나 이것은 해설자의 개인적 물음이니 어서 다시 라미의 이야기로 돌아가겠다.

노란색 돌: 그래, 그럼. 가자.
라미: 좋아.

반딧불과 같은 빛은 그들의 좌우에서 빛을 내고 있어서 이 어둠이 더욱 다행이라고 생각하게 해 주었다. 동굴 벽 사이사이에서는 어디서 흘러나오는지 모를 물이 졸졸 흘러내리고 있었고, 그들이 가는 길에도 그 물이 흘러내렸다. 물 때문에 라미의 신발도 어느새 젖어 있었다.

라미: 물이 신발에 다 들어왔어. 그런데 너무 시원한걸. 나 신발 벗고 갈래.

노란색 돌: 그것도 좋지.

라미는 양쪽 신발을 모두 벗었다. 신발 속에서 자신의 존재를 드러내지 않고 라미의 멋진 여행과 춤을 만들어 준 하얀 두 발이 동굴 속에서 드디어 자신의 모습을 드러냈다. 라미는 신발 속에서 드디어 해방된 자신의 두 발을 바닥에 대었다. 그리고 벗은 신발을 양손에 사이좋게 하나씩 들었다. 발바닥에 닿은 물은 라미에게 시원함을 선물했으며, 한 걸음 한 걸음 걸을 때마다 발등으로 스쳐 올라오는 물의 감촉은 라미에게 기분 좋은 간지러움을 선물했다. 동굴의 부드러운 바닥은 사랑하는 사람을 만지는 것과 같은 행복감을 라미에게 안겨 주었다. 라미는 다시 자신의 습성대로 콧노래를 부르며 신발을 든 손을 흔들며 이 동굴 속 여행을 즐겼다.

라미: (소리치며) 아아

갑자기 라미는 이렇게 소리를 질렀다. 아니, 노래를 부르기 전 발성 연습을 한다고 해야 할까? 맞다, 그것이다.

라미가 아, 하고 소리를 내자 동굴에 라미의 목소리가 울려 퍼졌다. 어떤 기계의 조작 없이도 자연스럽게, 그리고 이보다 더 완벽할 수 없을 듯한 완벽함으로 라미의 목소리가 페이드인으로 탄생했다가, 페이드아웃이 되어 사라졌다. 라미는 그 만족스러운 현상에 신이 나서 웃었다.

노란색 돌은 그런 라미를 바라보며 라미에게 힘을 주는 그 미소를 지어 보였다.

라미: 여기는 노래 연습하기 딱 좋은데. 내 목소리가 더 예쁘게 들려.

그렇게 말하며 라미는 동굴이 만들어 주는 자신의 목소리에 만족하며 계속해서 어떤 소리를 내었다. '야호', '음매', '노오래', '메에에롱', '샤바리라바리루루', '야리쏭아리송 쏭쏭'

라미: 내 노래 실력이 엄청 발전한 것 같아. 아니, 발전했어. 돌아가면 나는 성악을 배우거나 보컬을 배울래. 그럼 엄청난 실력자가 될 것 같아. 들어 봐, 옐스. 아까 내가 샤링을 위해 불러 준 노래를 할 때와는 너무도 다르지 않아? 음, 음.

나는 지금 어디를 걷고 있는가?

옐스는 나에게 고통이 있을지도 모른다고 알려 주었네.

하지만 나는 두렵지 않아.

나는 이미 큰 고통을 이겨 냈는걸.

이곳은 천국이라네.

지옥도 있지만 나는 천국 위에 서 있네.

내 발을 간질이는 이 시원한 물은

나의 친구가 되어 나의 길을 알려 주네.

나는 이 물을 따라갈 테야.

지금 벽에서 흘러내리는 물의 소리가

나에게 음악이 되어 주네.

난 이 길고 긴 길을 춤을 추며 갈 테야.

노래를 부르며 갈 테야.

내 친구 옐스, 내 친구 옐스.

고마운 나의 친구 옐스.

그가 나의 길을 밝혀 주고 있네.

나는 그 길을 따라가네.

분홍빛 쌍둥이 1

나는 두렵지 않아.

나는 두렵지 않아.

행복해.

사랑해.

쉐네쉐네(연달아 턴을 돌아서 가는 발레 동작)로 인해 넓게 퍼지는 치마의 흔들림이 라미의 마음을 나타내듯 황홀하게 움직이고 있었다. 라미는 자신이 아는 모든 춤의 동작을 넘어서 이제 알 수 없는, 동작의 이름과 그 형태의 설명 따위는 필요 없는 자유의 춤으로 들어갔다. 이제 라미의 춤은 해설자인 내가 설명하기에는 건방지다고 할 지경의 현상이 되어 있었다. 라미는 이제 다시는 춤을 추지 않을 사람처럼 춤을 추었다. 손에 들고 있던 신발은 어느 순간 라미의 손에서 사라진 뒤였고, 언제 어디서 사라졌는지 라미에게도 노란색 돌에게도 해설자인 나에게도 너무도 중요하지 않아서 언급하지 않기로 했다. 라미가 춤을 출 때마다 튕겨 올라오는 물방울들은 노래에서의 코러스의 역할을 해 주듯 라미의 춤을 더욱 빛내 주었다. 라미의 이마에 땀이 송송 맺혔고, 양쪽 귀 뒤에서 땀방울이 이미 자신들의 길을 만들어 놓은 듯 줄을 맞추어 줄줄 흘러내렸다.

나는 이곳이 그리울 거야.

나는 집으로 돌아가고 있어.

나는 이곳이 그리울 거야.

다시 올 수 있겠지.

꿈속에서라도 나는 다시 올 거야.

다시 와서 나는 춤을 출 거야.

그리고 노래를 할 거야.

이 모든 내 친구들과 함께.

라미의 감성이 동작을 너무 격하게 만들 때는 바닥에 넘어졌지만 라미는 굴러서 일어나 다시 춤을 추었다. 다시 구르기도 하고, 뛰어오르기도 하고, 돌기도 하였다. 에너지가 넘쳐 흘렀고, 라미의 춤은 나비처럼 가벼웠다가 바위처럼 단단해졌다. 라미는 바람처럼 흐르듯이 움직이고 있었다.

라미의 움직임이 더욱 독특해질 수 있도록 도와주는 듯 물소리는 커졌다 작아졌다 반복하며 라미의 동작을 도왔다. 라미의 귀에 물소리는 더욱 뚜렷하게 들렸고, 이제 보는 존재들은 물소리가 라미의 동작을 이끄는지 라미의 동작이 물소리를 따라 맞추어 가는지 알 수 없었다. 그 정도로 1시간 공연을 위해 1년 내내 연습한 하나의 팀처럼 조화를 이루고 있었다.

라미는 이제 숨이 차는지 동작의 리듬을 서서히 줄여 가기 시작했다. 지켜보는 노란색 돌이 지휘자인가 생각해 볼 수 있을 정도로 너무도 조화로웠다. 자연스럽게 라미가 하는 동작의 리듬이 서서히 느려지자, 마지막을 장식하는 듯 물소리는 더욱 거칠게 몰아치더니 저절로 페이드아웃 되어 가라앉았다.

라미의 머리카락은 이미 땀과 구르면서 함께 합류한 물로 인해 축축하게 젖어 있었다. 라미는 신나 있었다.

라미: 내가 지금까지 춘 춤 중의 최고였어. 아, 신나! 옐스, 나 기분이 정말 좋아. 아니, 행복해. 그리고 이곳이 정말 사랑스러워.
노란색 돌: 정말 다행이야.

노란색 돌의 "정말 다행이야."라는 말을 끝으로 한동안 침묵이 흘렀고, 라미와 노란색 돌의 발아래에서 들리는 물소리가 서로 대화를 하듯 찰찰거렸다.

찰찰 물소리가 어떤 소리에 묻혔는데, 그것은 라미의 눈에 비친 장면을 보고 놀라는 소리였다. "어, 저거 저거."

좀 전까지 빛으로 반짝반짝 비치던 동굴은 영화관에 들어온 듯 많은 장면이 지나가는 스크린으로 변해 있었다. 그 스크린에는 많은 물건이 지나가고 있었고, 이 동굴 영화관은 최첨단 기술을 자랑하는 4D 영화관처럼 손을 뻗으면 그 물건을 내 옆으로 들고 올 수 있을 정도의 선명함이었다. 라미가 조금 전 저것이라고 손짓한 것이 무엇인지 알기 위해 라미의 손가락을 따라가 보니 예쁜 바비 인형이었다.

라미: 저것 봐. 저건 내가 5살 때 잃어버린 인형이라구. 미미. 바로 옆의 인형은 바로 내가 가장 좋아했던 강아지 미피라구. 같이 잃어버렸는데 나는 너무 슬퍼서 며칠을 울었어. 엄마가 새로 사 준다고 했지만 나는 내 친구를 잃었다고 며칠을 울었어. 곧 미나라는 새 인형이 생겨서 슬픔이 사라지긴 했지만 그 이후 잃어버렸을 때는 처음처럼 그렇게 슬프지는 않더라구. 아, 저기 미나도 있네. 아, 신기하다. 왜 이것들이 있지?

노란색 돌: 너의 인연과 하나씩 만나게 될 거야. 이 길을 지나가야 해. 여기선 그냥 지나갈 뿐이야. 어디에도 머무르면 안 돼. 그

리고 네가 갈 길에 가져가서도 안 되고 말이야.

라미: 당연히 가져갈 수는 없겠지. 너무 많고, 너무 크잖아.

노란색 돌: 양과 크기는 언제든지 조절할 수 있지. 형태 없이 가져갈 수도 있고 말이야. 그러나 하나라도 들고 있으면 문이 열리지 않아. 이곳에 어떤 것도 가지고 나갈 수 없어.

라미: 좋아. 이제 미련도 없는걸. 과거지, 뭐. 그러나 오랜만에 만났으니까 인사는 해도 되지? 작별 인사 말이야. 잃어버렸을 때 왜 그렇게 슬펐냐면 작별 인사를 못 했거든. 인사도 못 하고 헤어지면 얼마나 슬픈지 너는 모를 거야. 아, 아니지. 옐스는 다 알 것 같아. 하하.

라미는 뱅글뱅글 스크린에 지나가는 미미와 미피, 그리고 미나에게 손을 흔들어 인사했다. "잘 가, 다시 만나. 반가웠어. 잘 지내."

라미는 영화의 필름처럼 돌아가는 화면 속의 물건들과 사람들을 관찰하느라 바빴다. 이곳에 오기 전 라미의 방에 있던 책상, 침대, 의자, 어렸을 때 쓰던 라미의 밥그릇, 라미의 친구들의 모습도 지나갔다. 라미가 기억하는 것들도 라미가 기억하는 사람들도 있었지만, 누군지 그리고 무엇인지 모르는 화려한 물건, 또 신기한 형태를 지니고 있는 물건들도 지나갔다.

두 존재가 코너를 돌자 이제는 그 영화와 같은 스크린 사이사이에서 많은 책이 떠내려왔다. 그리고는 라미와 노란색 돌 머리 위로 둥실둥실 떠다녔다. 그 책들은 리브리무티(Libri Muti) 노트처럼 책장의 옆은 예쁜 색으로 물들어 있었다. 그 책을 보자 라미는 예쁜 책을 좋아하는 엄마에게 가져다주고 싶었다. 그 생각을 하니 라미는 엄마가 더욱 그리워졌다. 라미는 갑자기 손을 뻗어 책 한 권을 잡았다. 잡으면 사라질 것만 같았던 그 책은 라미의 손에 신기하게도 붙어 있었다. 라미는 신기함에 쩍 벌린 입가에 미소를 지어 보이며 책의 중간 지점을 펼쳤다. 그 책장을 넘기자마자 검은색 연기가 라미의 얼굴로 퍼져 올라왔다. 놀란 라미는 책을 떨어뜨렸는데, 그 연기는 비눗방울과 같은 투명 방울이 되어 둥둥 떠올랐다. 라미는 이 재미있는 현상을 보며 자신이 동화 속의 한 장면에 있는 것 같아 몹시 즐거운 기분이 들었다. 그리고 그 투명 방울을 놓치지 않기 위해 눈을 깜빡이는 것도 매우 조심하며 시선을 투명 방울에 고정했다. 그런데 투명 방울 속의 장면을 보자 라미의 입에서 '아악!' 하는 소리가 튀어나왔다.

라미: 앗, 뭐야? 저것 봐. 저건 정훈인데, 키만 멀대같이 커지고 얼굴은 그대로인데. 여기서도 만나다니 정말 재수 없어. 어? 근데 저게 뭐야? 저 예쁜 여자가 왜 정훈이한테 안기는데?

노란색 돌: 하하하, 안기는 예쁜 아가씨는 바로 너인 것 같은데.

라미: 뭐야? 어, 정말이네. 안 돼, 안 돼. 라미야, 그러지 마. 그놈은 너를 어렸을 때부터 괴롭혔던 나쁜 놈이란 말이야. 아이씨.

늘 그렇듯 세상은 우리의 원함과 상관없이 돌아가는 법이다. 그 투명 방울 속의 여성도 라미의 간절한 호소와는 전혀 무관하게 잘생긴 그 남자의 품으로 빠르게 안겨 들어갔다. 그것도 아주 행복한 표정까지 하고 말이다.

노란색 돌: 둘은 그런 인연인가 보네. 하하하.

라미는 씩씩거리면서 점점 사라져 가는 그 장면을 보고 있다 갑자기 입가에 작은 미소를 머금었다. 자세히 보니, 아주 자세히 지속해서 보니 성인이 된 정훈이라는 남자는 참으로 잘생기고 호감이 가는 얼굴이라는 생각이 일어났다. 이전에는 몰랐던 따뜻함을 느꼈고, 마치 지금 자신이 정훈이에게 안겨 있는 것처럼 가슴에 따뜻함을 느꼈다. 신기한 일이라고 라미는 생각했다.

노란색 돌은 넋 놓고 서 있는 라미의 팔을 끌어 다음 길로 걸음을 내딛도록 자극을 주었다. 잠시 잃었던 정신을 다시 찾아 라미는 노란색 돌 옆에 적당한 간격을 만들어 천천히 따라갔다. 필름들 속의 장면과 함께 책들, 그 예쁜 책들은 이제 직접 펼치지 않아도 자연스럽게 스스로 자신의 몸을 활짝 펼쳐 보였다. 그리고 펼쳐진 책에서는 검은 연기가 퍼져 나왔고, 그 연기는 다시 투명 방울이 되었다. 이제 많은 투명 방울이 둥둥 허공을 떠다니고 있었고, 그 속에는 각자 다른 장면들이 그들의 방울 세계를 꾸미고 있었다. 어떤 방울 세계는 빠르게 지나가서 도무지 안에서 어떤 일이 일어나는지 눈치챌 수도 없이 사라졌고, 또 어떤 방울 세계는 매우 명확한 장면으로 일이 벌어지고 있었다. 방울 세계 속에 있는 물건들도 그러했다.

노란색 돌: 하하하, 와인들로 이 동굴이 가득 차겠는걸. 하하하.
라미: 그러게. 이 와인들은 다 뭐야?

라미는 지나가는 방울 속의 엄청난 양의 와인들을 구경하며 노란색 돌에게 말했다.

노란색 돌: 아마 네가 앞으로 마시게 될 와인들이겠지?

라미: 뭐라구? 난 술을 못 마시… 아, 지금은 마시지 못하는데.

노란색 돌: 와인을 좋아하게 되나 보네.

라미: 이모가 와인을 엄청 좋아해. 이모가 심심할 때 나를 불러서 나에게는 와인 잔에 주스를 따라주고 자기는 와인을 마시거든. 자주 그 와인 잔을 부딪치면서 짠, 짠 소리를 내고 둘이서 까르르 까르르 웃었는데. 난 그 와인 잔 소리가 정말 좋아. 상대의 손바닥을 쳤는데 한 번에 딱 맞아떨어진 기분이랄까? 거기다 그 소리는 유리 소리 같지가 않고 사람의 심장 소리 같아. 서로가 어떤 약속을 하는 그런 소리 말이야.

라미가 말하는 동안 노란색 돌은 늘 그렇듯 편안하고 인자한 미소를 라미에게 날려 보냈다. 이 미소를 대답으로 받아 라미는 다시 말을 이었다.

라미: 이모가 그러는데 와인은 술이 아니래. 와인은 신께서 주신 최고의 선물이라고 했어. 이모는 와인을 마시면 작품이 떠오른대. 이모는 안무가거든. 안무가 잘 안 될 때 와인을 마시면 이모는 뇌에서 딱딱하게 굳었던 돌이 녹아 가슴에서 번개를 쳐

준다네. 나는 무슨 말인지 모르겠지만. 어쨌든 이모가 좋아 해서 나도 좋아하게 되나 보다. 그런데 엄마는 절대 술을 마시지 않지. 이유는 모르겠어. 엄마를 안 닮고 이모를 닮다니.

라미는 혼자서 이렇게 말하고는 이내 지나가는 다른 장면들을 바라보았다. 라미는 정신없이, 또는 라미의 관심을 기다리는 듯 천천히 지나가는 장면들을 이제 드라마를 보듯 지나 보냈다. 아직 라미에게는 그저 한 편의 드라마를 보는 듯할 뿐이었다. 자신과 사람과의 인연이, 자신과 어떤 물건과의 인연이 라미에게는 한 편의 드라마처럼 재미있는 일이었다. 라미의 마음을 사로잡는 또 하나의 장면은 자그마한 무용수가 무대에서 맨발을 신고 춤을 추고 있는 장면이었다. 길게 풀어 내린 머리카락의 휘날림은 그녀의 마음을 모르는 우리까지 그녀의 마음을 느낄 정도로 진지하고 열정적이었다. 라미는 가만히 서서 그녀의 춤을 보며 조용히 박수를 쳤다. 그런데 말이다, 그렇다. 그녀는 바로 라미였다. 격렬한 춤이 어느새 고요함을 찾아갈 때 보이는 옆모습으로 라미도 자신의 얼굴임을 알 수 있었다. 물론 성인이 된 라미였다.

라미: 어쩜 좋아. 내가 공연을 해.

노란색 돌: 멋진걸.

라미: 와, 내가 생각해도 멋지네. 호호호. 신나 신나. 안 그래도 나는 이곳에 오고 나서 춤과 노래에 자신감이 활활 타오르게 되었어. 집으로 돌아가면 엄마에게 무용 학원에 보내 달라고 할 거야. 이모에게 조금씩 조금씩 배워서 이 정도인데 이제 정말 열심히 추면 난 대단한 무용수가 될 것 같아. 아니, 되어 있잖아.

노란색 돌: 그래, 열심히 하렴. 아주 멋져. 내가 봐도 매우 감성적이고 세심하게 자신을 표현하는 무용수인 것 같아. 지금 같은 개구쟁이 모습은 찾아볼 수 없는걸. 하하하.

라미: 당연히 그렇겠지. 나도 어른이 되면 철이 들겠지. 호호호.

라미와 노란색 돌이 이런 대화를 하는 동안 라미가 무대에서 넘어지는 모습, 병원으로 가는 모습, 다시 춤을 추는 모습이 반복되어 나타났고, 라미가 어떤 장면에 흥분을 보이면 노란색 돌은 라미의 어깨를 토닥거려 주고 어떤 말을 해 주었다. 그러면 라미는 아하, 하는 표정으로 그 장면들을 다시 주의 깊게 또는 무심하게 바라보았다. 라미는 인연이라는 것은 모르지만 노란색 돌이 설명하는 것은 알아듣는 경지에 도달한 것이다. 흥분은 이제 구경하기 힘들 정도로 많은 장면들과의 만남에서 라미는 편안한 표정을 가지고 있었다.

그런 라미가 눈을 떼지 못하도록 유혹하는 장면이 있었는데, 그건 바로 라미의 어린 시절 모습이었다. 푸른 수영장에서 헤엄치는, 자신과 꼭 닮은 아기의 모습으로 보아서 라미는 그것이 자신의 어린 시절임을 알 수 있었다. 옆에는 라미의 엄마가 비치 베드에 누워서 어떤 남자의 품 안에서 웃으며 라미가 노는 모습을 아주 행복한 표정으로 보고 있었다. 엄마를 품에 안은 그 어떤 남자는 라미의 가물가물한 기억과 사진 속에서만 만난 그 사람이었다. 그 남자는 라미의 아빠인 것이다. 라미는 그 모습을 보고 흐뭇하게 웃었다.

라미: 아빠다. 우리 아빠 말이야. 우리 아빠.

잠시 넋을 놓고 있던 라미는 말했다.

라미: 난 저 순간이 기억이 나지 않지만 사진으로 봤어. 엄마가 아빠가 그리울 때 예전 사진들을 꺼내서 나에게 보여 주곤 했어. 물론 항상 엄마의 눈이 발개져서 그 발개진 눈에서 눈물이 흐르는 걸로 끝이 났지만. 학교 들어가서는 서로 약속이

나 한 듯 그 일을 멈췄지만 말이야. 아, 저때 엄마가 정말 행복해 보이네. 나도 정말 귀여웠는걸.

그때 라미는 왼편에서 자신의 관심을 당기는 다른 장면에 순간 숨이 멈추었다. 사진 속 그 남자, 조금 전 라미의 엄마를 공작새처럼 넓은 두 팔로 안아 주던 그 남자가 화를 내고 공중을 향해 소리를 내지르는 장면을 보았기 때문이다. 그 남자의 주변은 온통 와인병과 맥주병으로 가득했다. 그리고 이어지는 장면에서 그 남자는 바다로 달려갔다. 바다에서 누군가 기다리는 듯 급하게 뛰어 들어갔다. 몇 번 파도의 움직임 끝에 그 남자의 모습은 볼 수 없었다.

라미는 이 장면이 정확히 자신과 어떤 관계가 있는지 알 수 없었다.

다시 이어지는 장면은 엄마가 어린아이를 안고 울고 있었고, 그 남자도 바닥에 앉아서 울고 있었다. 역시 그의 주변에는 온통 술병으로 가득했다. 그는 바닥에서 일어나서 검정 피아노 쪽으로 걸어가더니 미친 듯이 빠른 손놀림으로 피아노를 쳤다. 너무도 빨라 벌이 꽃을 찾아 이리저리 움직이는 형상과 같다고 생각했다. 라미의 귀에는 마치 벌의 날갯짓 소리, 즉 윙윙하는 소리가 실제로 들리는 듯했다.

열중하여 피아노를 연주하던 그는 갑자기 의자에서 데굴데굴 굴러서 마치 자신이 물인 듯 흘러내려 와 바닥에 퍼져 버렸다. 그리고는 울기 시작했고, 다시 일어나 피아노를 치기 시작했다. 그러더니 갑자기 남자는 피아노에서 일어나 주변의 것들을 엄마와 아이가 있는 방향을 제외하고 여기저기로 마구 하나씩 던지기 시작했다. 엄마는 어린아이가 놀라지 않도록 아이를 더 강하게 감싸 안았다. 이 장면을 계속 보고 있던 라미는 자신도 모르는 어떤 울음이 저 가슴 깊은 곳에서 북받쳐 오르는 것을 참지 못하고 토해 냈다.

라미: 아빠….

떨리는 목소리로 라미가 말했다.

라미: 아빠, 그러지 마세요. 아빠….

라미는 울음을 터트렸고, 그 장면 속의 남자를 자신이 어찌할 수 있을지 모른다는 희망으로 손을 뻗어 그 장면을 잡으려고 애썼다. 그 장면은 라미의 손에서 잡힐 듯 잡히지 않으며 라미를 유혹하듯 속도를 조절하며 흘러갔고, 라미는 반드시 잡아야 한다는 어떤 의지로 그 장면이 담긴 방울 세계를 따라 뛰었다. 라미의 눈에서 눈물이 튕겨 뒤로 떨어져 나갔다.

노란색 돌: 라미야, 돌아와. 안 돼. 그러면 안 돼.

라미는 어떤 소리도 들을 수 없었고, 자신이 지금 어느 방향으로 가는지도 당연히 몰랐다(라미는 이미 왔던 길을 다시 거슬러 올라가고 있었다). 곧 라미는 다리에 힘이 풀려 바닥에 주저앉았다. 라미는 그 남자를 놓치지 않기 위해 바닥에 주저앉으면서도 그 남자에게서 눈을 떼지 않았다. 그 남자는 어디론가 달려갔고, 다시 그 바닷가 장면이 그를 맞아 주었다. 그 남자는 이제는 천천히, 천천히 눈물을 흘리며 바다를 초점이 흐린 눈으로 바라보고 있었다. 그리고 모래를 밟으며 천천히 파도가, 그 파도가 힘 있게 자신의 근육을 자랑하며 운동하는 그 바다로 가까이 다가갔다. 그리고 그 장면들은 서서히 멀어져 갔다.

라미는 자신에게서 멀어져 가는 그 장면을 잡기 위해 지금까지 왔던 반대 방향으로 다시 달려갔다.

노란색 돌: 안 돼, 라미야.

이미 늦었다. 라미는 저 멀리 달려가고 있었다.

라미: 아빠, 안 돼! 아빠, 안 돼요!

라미는 자신도 모르는 자신의 목소리를 만났다. 어찌나 큰 소리로 외쳤는지 그 목소리는 동굴 속에 잠들어 있는 존재가 있다면 모두가 깨어났을 법한 목소리였다. 라미는 그 목소리로, 지금껏 한 번도 들은 적 없는 그 목소리로 아빠를 부르며 쫓아갔다.

> **라미**: 아빠, 돌아와 줘요. 아빠, 너무 보고 싶어요. 들어가지 마. 제발 들어가지 마. 아빠, 사랑해요. 아빠, 너무도 보고 싶어요. 저를 기억해 주세요. 아빠, 아빠, 아빠, 제가 라미라구요. 아버지의 딸 라미라구. 내 얼굴 봐야지. 아빠 딸 라미가 이렇게 큰 걸 봐야지. 어디가! 아빠… 그… 엄… 나… 사라….

라미의 얼굴의 구멍에서는 많은 물이 흘러나왔다. 라미의 목소리는 순식간에 쉬어 버려서 말하는 문장, 문장이 잉크에 번진 글씨처럼 끊어져 알아들을 수가 없었다. 라미는 다리에 힘도 풀려 더 이상 달려갈 수 없었다. 라미는 그 자리에서 쓰러졌다. 옆으로 누운 라미의 눈에서 미끄럼틀을 타는 아이처럼 눈물이 흘러내렸다. 라미는 스스로 일어나려고 힘을 주어도 몸은 라미를 일으켜 세워 주지 않았다. 라미는 그 자리에서 움직이지 못하고 서러움과 서글픔, 슬픔이 뒤섞인 눈물을 흘렸다. 라미의 신체에서 움직이는 것은 심장과 눈물뿐인 듯 라미는 모든 힘을 잃었다. 이제 그 눈물을 내보내느라 바쁜 눈도 뜨기가 힘들었다. 모든 것이 희미하게 보였고, 그 희미하게 보이는 모든 것은 라미에게 무관심하며 각자 자신의 방향으로 흘러가고 있었다. 그런 라미의 눈에 아주 희미하게 보이는 장면이 있었다. 그 바닷가, 방금 그 남자를 삼킨 바닷가 앞에 서 있는 엄마의 모습이었다. 엄마는 그 야속한 바닷가를 바라보며 아주 조용히 울고 있었고, 지금 라미처럼 눈물 말고는 몸의 어느 한 곳도 움직이지 않았다. 바닷가의 바람이 엄마의 머리카락을 괴롭혔고, 바람이 거세지면서 장면 속의 엄마도 라미의 눈에서 사라져 갔다.

라미: (애타게 부르며) 엄마, 엄마, 엄마! 엄마, 미안해. 불쌍한 우리 엄마.

라미는 힘이 없어 눈을 감을 수밖에 없었다. 라미는 엄마를 생각
했다. 그리고 자신을 생각했다. 그리고 아빠를 생각했다.

4살 라미: 엄마, 아빠는 언제 와?

엄마: 아빠는 다 나으면 올 거야.

4살 라미: 그럼 언제 와?

엄마: 아빠가 사람을 만날 수 있을 정도로 건강해지면.

4살 라미: 정말 보고 싶어. 아빠는 정말 잘생겼어. 엄마에게도 따뜻
했을 것 같아.

엄마: 당연하지, 얼마나 따뜻한 사람이었는데….

4살 라미: 아빠가 정말 보고 싶어. 아빠 연주도 직접 듣고 싶어. 난
늘 녹음된 것만 들었잖아. 아빠가 피아노를 치고 라미는 옆에
서 춤을 추는 게 소원이라구.

엄마: 정말 멋지겠는걸. 엄마도 아빠 연주 정말 듣고 싶어. 그리고
우리 라미가 그 곡에 맞춰서 춤추는 것도 정말 보고 싶은걸.
우리 아빠가 빨리 낫도록 기도하자.

4살 라미: 아, 좋아. 좋아. 엄마가 손 이리 줘. 나랑 두 손으로 포개
서 같이 기도하자. 손이 4개니까 더 빨리 하느님께 전달될 거
야. 부처님한테도 기도할 거야.

엄마: 그래, 그래. 우리 라미. 우리 같이 기도하자.

4살 라미: 하느님, 부처님, 우리 아빠 빨리 낫게 해 주세요. 엄마가
정말 보고 싶어 해요. 사실 저도 정말 보고 싶어요. 우리 곁
에 아빠를 빨리 보내 주세요. 이렇게 4개의 손으로 빕니다.

실제인지 라미의 환청인지 엄마가 녹음해 놓은 아빠의 피아노 연
주 소리가 라미의 귀에 들렸다.

라미는 지쳐 울음소리도 낼 수 없었지만, 눈물은 멈추지 않았다.
라미는 안에 있던 모든 에너지를 다 써버린 걸까? 이내 떠 있도록 도
와준 눈의 근육마저 힘이 빠져 라미의 의지와는 상관없이 라미의 눈
은 더 이상 떠지지 않았다. 그리고 라미의 의식 또한 서서히 불이 꺼
져 갔다.

9장

정화의 물

· · ·

저기 토끼가 날아오고 있었다. 등에는 분홍빛 쌍둥이를 태우고. 분홍빛 쌍둥이는 노란색 돌을 태웠다. 그리고 라미가 뛰어간 곳을 따라 라미에게로 날아갔다. 모든 긴장, 쓸데없는 긴장과 쓸데 있는 긴장 모든 것을 놓아 버려 바닥에 흘러가는 물과 한 몸처럼 변한 라미를 발견하고는 토끼는 자리를 잡아 땅에 발을 내렸다. 분홍빛 쌍둥이와 노란색 돌이 토끼의 등에서 살짝 뛰면서 내렸다. 그리고 셋은 라미에게로 걸어갔다.

분홍빛 쌍둥이 남자아이 목소리: 이럴 줄 알았지.
분홍빛 쌍둥이 여자아이 목소리: 아이, 가여워라.

노란색 돌은 말없이 다가가 손을 라미의 등 뒤쪽으로 가져가 살짝 힘을 주어 라미를 일으켜 앉혔다. 마치 그 무게는 너무도 가벼워 떨어지는 나뭇잎을 살짝 주워 든 느낌이었다.

분홍빛 쌍둥이 남자아이 목소리: 일단 정화의 물을 먹이자. 지금으로서
   는 돌아갈 수 있는 힘이 없어.
분홍빛 쌍둥이 여자아이 목소리: 얼른 가자.

너무도 가벼워 노란색 돌 혼자서 라미를 번쩍 들어 토끼의 등에
태울 수 있었다. 라미를 토끼의 등에 태우고는 노란색 돌은 라미의
등을 따뜻하게 몇 번 쓰다듬어 주었다.

노란색 돌: 잘 부탁해. 문이 닫히기 전에 나는 가야 해.
분홍빛 쌍둥이들: 얼른 가. 수고했어.
노란색 돌: 꼭 돌아갈 수 있도록 도와줘.
분홍빛 쌍둥이 남자아이 목소리: 이 친구는 정말 순수하고 단단해서 돌
   아갈 수 있어.

이 말을 끝으로 노란색 돌은 라미와 작별 인사를 했다(동시에 우리
와도 작별 인사를 한 것이다). 라미가 깨어나면 노란색 돌에게 작별 인
사를 하지 못한 마음이 꽤 안타까울 것이다.

이제 토끼가 땅에서 발을 떼었다. 출발하는 것이다. 아까의 대화로 잠시 돌아가 보면 분명 정화의 물을 먹이자고 했다. 그것이 무엇인지 따라가 보자.

셋을 친절하게 태운 토끼는 동굴 속을 날았다. 분홍빛 쌍둥이는 라미를 자신들 가운데에 앉혔고, 서로의 몸을 밀착하여 자신들의 에너지를 라미에게로 모았다. 토끼가 날아가는 동안 분홍빛 쌍둥이의 몸에서는 반딧불과 같은 빛이 빠져나왔고, 분홍빛 쌍둥이 몸에서 나온 작은 빛들은 날개를 펼치더니 라미의 머리부터 발끝, 그리고 라미의 몸의 형태를 그대로 파고들어 갔다. 이 작은 빛들의 움직임의 연속은 마치 이 세 개의 존재들을 리본의 형상으로 묶어 내는 것 같은 모습이었다. 빛들은 반짝이며 분홍빛 쌍둥이의 몸에서 빠져나와 다시 라미의 몸을 통과했다. 반짝, 반짝, 반짝 빛을 내며 말이다. 라미는 서서히 의식할 수 있는 촉감을 느꼈고, 그것은 자신이 기대고 있는 등과 자신의 등에 닿는 가슴과 자신을 높이 위로 받쳐 주는 아래의 따뜻함이었다. 라미는 매우 따뜻한 느낌에 눈을 뜰 수 있었고, 그와 동시에 그 작은 빛들의 움직임도 서서히 사라져 갔다.

라미: 어떻게 된 거지?

라미는 눈을 비비며 말했다. 뒤에서 목소리가 들렸다.

분홍빛 쌍둥이 여자아이 목소리: 이제 정신이 드는구나. 큰일 날 뻔했어.

라미가 잠시 눈을 두 번 깜빡이자, 라미의 눈에서는 다시 눈물이 흘러내렸다.

라미: 맞아, 그렇지. 아빠, 아빠, 우리 아빠 말이야.

라미는 다시 떠오른 아빠의 모습에 가슴에 답답함을 느꼈고, 온몸에 힘이 들어가기 시작했다. 그 순간 다시 그 반딧불과 같은 작은 빛이 분홍빛 쌍둥이 몸에서 살아나 라미의 몸을 뚫고 들어갔다 다시 나와서는 다시 자신들의 빛을 드러내며 춤추었다.

라미는 다시 마음이 가라앉음을 느꼈고, 잠시 그대로 머물렀다. 아무 말도 없이, 그리고 아무것도 묻지 않고. 그러나 흐르는 눈물은 아무리 노력해도 어찌할 수 없었다. 눈물이 라미의 에너지를 다 밖으로 흘려보내는지 다시 라미는 힘이 빠지기 시작했다. 라미는 그대로 분홍빛 쌍둥이 사이에 자신의 온몸을 맡기며 가만히 그대로 흘러갔다.

토끼가 어느 모퉁이에서 멈추었고, 분홍빛 쌍둥이가 먼저 내려 라미가 토끼의 등에서 잘 내릴 수 있도록 아래에서 손을 내밀어 주고 라미는 그 손을 잡았다. 그리고 분홍빛 쌍둥이는 라미를 받쳐 내려 주었다. 동굴 속 그곳은 물소리만 들렸고, 아까와 같은 라미를 흥분시키는 어떤 방울 세계도 없이 조용했다. 그리고 한쪽 모퉁이에는 우물이 하나 있었는데, 라미가 궁금해하기도 전에 분홍빛 쌍둥이는 그 우물 쪽으로 걸어가고 있었고, 라미도 그 뒤를 따르고 있었다.

분홍빛 쌍둥이 남자아이 목소리: 다행이군, 물이 아직 마르지 않았어.

그렇게 말하고 분홍빛 쌍둥이는 우물과 줄로 이어져 있는 물동이를 우물 속으로 집어넣었다. 그 깊이가 얼마나 깊은지 한참을 손이 일을 해야만 했다. 이윽고 다시 물동이가 자신의 모습을 드러냈고, 분홍빛 쌍둥이 중 남자아이는 물동이를 줄에서 떼어 내어 그것을 안고 라미 곁으로 왔다.

분홍빛 쌍둥이 남자아이 목소리: 이걸 마셔야 해.

라미: 이게 무슨 물이야?

분홍빛 쌍둥이 여자아이 목소리: 이건 정화의 물이야.

라미: 정화의 물?

분홍빛 쌍둥이 남자아이 목소리: 응, 지금 너와 같은 상태로는 집으로 돌아가기 힘들어. 이런 나약한 상태로 가면 가는 길에서 길을 잃고 말 거야. 그럼 네가 갈 길은 사라지지. 결국 집으로 돌아가는 길은 없는 거야.

라미: 안 돼. 엄마가, 우리 불쌍한 엄마가 나를 잃은 줄 알면 기절할지도 몰라. 아니, 죽을지도 몰라.

다시 라미는 애타게 울기 시작했다.

라미: 아빠를 그렇게 잃었는데 나까지 잃었다고 생각한다면 엄마는, 우리 불쌍한 엄마는 정말 아빠처럼 죽을지도 몰라. 나 가야 해. 도와줘, 제발. 나 꼭 가고 싶어.

분홍빛 쌍둥이 여자아이 목소리: 그래서 우리가 왔잖아. 우리도 너를 처음 봤을 때 오지 못하게 떨어뜨리지 못했으니 책임을 져야지. 사실은 누구도 책임질 필요는 없지만, 자기 자신만이 책임을 질 수 있지. 어쨌든 우리는 너를 도와주기로 했어. 그러니 이 물을 마시면 돼.

라미: 어서 줘. 그래, 좋아. 아, 내가 고맙다는 말도 안 하고. 고마
워, 정말.

이렇게 말하고 라미는 물동이 쪽으로 두 손을 펼쳤다.

분홍빛 쌍둥이 남자아이는 물동이를 내려놓고 잠시 우물 뒤쪽으
로 가더니 나뭇잎 같은 모양의 물체를 가져와서는 라미에게 주었다.

분홍빛 쌍둥이 남자아이 목소리: 이걸로 조금씩 마셔. 마시고 잠시 숨
을 쉬고 괜찮으면 다시 마시면 돼. 괜찮지 않고 어느 곳이든
아픔이 일어나면 잠시 쉬었다가 다시 마시면 돼. 중간에 포기
하면 안 되고 이 물동이에 있는 물을 다 마셔야 해.

라미: 아픔이라니? 물을 마시면 아플 수도 있는 거야?

라미는 약간 미간을 찌푸리며 불안한 기운이 있는 눈빛으로 두
쌍둥이를 번갈아 쳐다보았다.

분홍빛 쌍둥이 여자아이 목소리: 마셔 보면 알아. 너의 마음이 어떻냐에

따라 아플 수도 있고, 아프지 않을 수도 있어. 너를 정화하기 위한 거니까. 너는 지금 지난 기억과 고통을 알아 버렸고, 그것을 쉽게 놓을 수 없거든. 네가 지금 보았던 모든 것에 대한 것도 하나의 기억이 될 거야. 그 기억은 네가 집에 돌아가는 것을 방해하는 요인이야. 더군다나 누구보다 아픔이 있는 너의 과거는 너의 기억이 되어 너의 집으로 가는 길을 보지 못하게 해. 아까 너의 행동처럼 말이야. 우리가 없었다면 너는 이제 없는 거지. 너의 길이 닫히기 때문에 시간이 지나면 너도 같이 사라지게 돼. 너희들은 이곳에서는 주파수가 달라서 살지 못하거든. 아무리 주파수를 높여도 이곳의 존재들과는 맞지 않아. 그래서 사라지게 되거든. 이 물은 너에게 힘이 되는 기억은 남기고 너를 방해하는 기억들은 사라지게 해 준단다. 기억들을 정화해 주는 거야. 너의 많은 기억은 이 물을 마시면 사라질 거야. 물론 모든 기억이 사라지는 건 아니야. 그런데 기억이 사라질 때마다 아픔을 느낄 거야. 그리고 무엇보다 이 물동이의 물이 다 없어져도 그 기억을 안고 정화되지 않는다면 그 이후는 누구도 도와줄 수 없단다. 나도 네가 어떻게 될지 모르겠어. 그러나 너는 잘 해낼 것 같아.

라미는 이 말을 조용히 듣고 있으니 자신도 모르게 눈물이 얌전하게 두 눈에서 주르륵 흘러내렸다. 자신도 이 말이 이해가 되었는지 아닌지 알 수 없었지만 말이다.

라미: 난 꼭 해낼 거야.

분홍빛 쌍둥이 남자아이 목소리: 좋아. 그럼 마음의 준비가 되면 마셔. 다 마시고 나면 이 길을 따라 조금만 더 가면 동굴 끝 문이 있어. 그 문 앞에서 잠시 기다리면 문이 열릴 거야. 그 문을 그대로 나가면 돼. 그리고 빛이 보이면 그 빛을 따라 걸어가. 그러면 넌 집에 도착할 거야. 대신 말이야, 시간이라는 것이 너희 세상과 달라서 그 세상의 어떤 때로 갈지는 아무도 몰라. 그건 도와줄 수가 없어.

라미: 그건 아무래도 괜찮아. 난 엄마한테만 가면 돼. 설마 엄마가 돌아가신 뒤에 도착하는 건 아니겠지? 아니야, 아니야. 그것만은 안 돼.

분홍빛 쌍둥이 남자아이와 여자아이 목소리: 네가 원하는 걸 믿어. 그것이 도와줄 거야.

라미: 좋아. 믿는 건 자신 있어. 꼭 그렇게 할게.

라미는 이제 물동이 앞에 섰다. 그 물은 약간은 초록빛이 나는 듯한 매우 맑은 액체였다.

라미: 정말 고마웠어. 내가 힘들 때마다 너희들이 와 준 거야. 내가 부르지도 않았는데 말이야.

분홍빛 쌍둥이 남자아이 목소리: 너는 믿고 있던 거지.

분홍빛 쌍둥이 여자아이 목소리: 우리를 말이야.

라미: 정말 고마워.

분홍빛 쌍둥이 남자아이 목소리: 빛이 보이기 전에 어디서도 멈추지 말아야 해. 아픔을 느낀다고 거기서 멈춰 버리거나, 괴롭다고 거기서 멈춰 버리면 길이 사라지니까 그것만 기억해. 정화의 물이 너에게 효과를 발휘한다면 그곳에서의 불안이나 공포도 모두 사라질 거야. 그것 또한 모든 것이 기억에서 일어나는 것이거든. 그럼 우리는 갈게. 안녕.

분홍빛 쌍둥이 여자아이 목소리: 안녕.

라미: 난 이제 이 작별도 슬프지 않아. 왜냐면 너희들은 내 가슴에 언제나 있으니까 말이야. 얼른 가, 얼른.

그리고 라미는 토끼에게 걸어갔다. 그리고 토끼의 눈을 바라보며 말했다.

라미: 안녕, 나의 수호천사.

토끼는 그 눈, 그 맑은 두 눈으로 라미를 바라봄으로써 인사에 답을 했다.

라미: 안녕, 나의 수호천사들.

분홍빛 쌍둥이와 토끼는 어느새 바람처럼 자신의 길로 날아가 버렸다. 홀로 남은 라미는 물동이의 물을 마시기 시작했다. 물이 식도를 타고 내부로 들어가는 느낌을 너무도 정확하게 라미는 느낄 수 있었다. 라미는 첫 물은 토해 냈다. 알 수 없는 매스꺼움이 일어났고, 두 번째 물을 마시자 자신의 지난 일들이 기억나기 시작했다. 그건 불쾌한 기억이었는데, 친구들에게 놀림을 받거나 질투를 느꼈던 또는 반대로 자신이 질투의 대상이 되었던 어떤 기억이 물밀 듯이 라미의 생각 속에 흐르기 시작했다. 라미는 두 번째 물도 매스꺼움에 토해 냈다. 라미는 이를 꽉 깨물었다. 그리고 엄마를 생각했다. 그리고 다시 세 번째 물을 퍼서 마셨다. 기억! 기억! 기억! 좀 전에 동굴에서 보았던 미래의 기억, 과거의 기억, 고통의 기억, 행복의 기억이 뒤죽박죽되어 라미를 괴롭혔고, 그것들은 라미의 속에서 매스꺼움을 만들어 냈다. 라미는 물을 입에서 오물오물하며 잠시 가글을 하고 그것을 그대로 삼켰다. 어지러웠다. 라미는 또 물을 마셨다. 불쾌한 기분이 일어났지만 라미는 계속 입으로 물을 흘려 넣었다. 라미는 물을 담았던 그 물체를 내팽개치고 물동이를 들어 마시기 시작했다. 불안함이 올라왔지만 참았다. 그대로 삼켰다. 아무도 없기에 아무도 보지 못했으리라. 조금씩 라미의 뒤꿈치에서 아주 까만 물이 흘러나오고 있다는 것을 말이다. 라미가 서서 오줌을 누는 것처럼, 시작점은 없지만 라미의 다리를 타고 검은 물이 바닥으로 흘러나왔다. 마지막 물을 다 삼키자 라미는 악, 하고 소리를 지르며 쓰러졌다. 그리고 라미는 몸부림을 쳤다. 보이지 않는 어떤 존재가 라미를 내동댕이라도 친단 말인가? 라미는 괴로워하며 이리저리 몸을 움직였다. 라미는 정신을 차리기 위해 호흡을 정리했다. 숨을 크게 들이마시고, 잠시 쉬고 다시 내쉬었다. 라미에게 그것을 알려 준 그 존재의 목소리가 라미의 곁에서 호흡을 도와주는 것 같았다. 라미는 서서히 움직임이 약해지기 시작했고, 이내 고요해졌다. 동굴 속에 라미의 깊은 숨소리와 물소리가 음악 연주처럼 퍼져 나갔다.

라미는 갑자기 벌떡 일어나더니 우물 쪽으로 난 길을 따라 걸었다. 그 씩씩한 발걸음은 이제 어디든 갈 수 있을 것 같은 자신감이 실린 발걸음이었다. 라미는 씩씩하게 걸었다. 라미는 이 동굴에서 전해져 오는 주파수를 느꼈다. 그리고 이 주파수를 느끼기 위해 더 자신에게 집중했다. 주파수를 느끼며 걷는 와중에 길이 끝남을 알 수 있는 벽이 라미를 기다리고 있었다. 라미는 문을 두들겼다. 사실 문으로 보이지 않았다. 단지 하나의 어두운 벽이었다. 라미는 주파수를 맞추기 위해 다시 자신의 내면에 더욱 집중했다. 아니, 자신의 믿음에 더욱 집중했다고 하자. 라미는 다시 침착하게 문을 두드렸다. 그리고 문이 서서히 열리기 시작했다. 밖은 동굴보다 더 어두워 무엇이 앞에 있는지 볼 수 없었지만, 라미가 잠시 그대로 서서 앞을 응시하자 그 윤곽이 서서히 모습을 드러냈다. 끝도 보이지 않는 넓은 곳이 펼쳐져 있었는데, 그 넓은 세상에 비해 내디딜 수 있는 땅은 아주 인심 없이 좁은 계단뿐이었고, 계단은 아래로 길게 늘어져 있었다. 어찌 되었든 라미는 이제 두려워하지 않았다. 아니, 라미에게 제일 두려운 것은 엄마가 자신 때문에 슬퍼하는 것이다. 지금 자신에게 이보다 더한 두려움이 어디 있겠는가 라미는 생각했다. 라미는 자신의 눈앞에 있는 세상의 윤곽을 확인하자마자 바로 발걸음을 떼어 문을 통과해서 나갔다. 라미의 등 뒤에서 문이 닫히는 소리가 났다.

라미는 돌아보지 않았다. 그리고 천천히 계단을 내려가기 시작했다. 그런데 그 계단은 떨어질 듯 위험하게 지어진 계단이 아니었다. 대리석처럼 아주 탄탄했으며, 계단 옆은 허공으로 다 뚫려 있지만 여기서 떨어져서 죽을 수도 있다는 생각이 전혀 들지 않는 안정감을 주는 계단이었다. 왜냐하면 눈에 보이는 그 계단만 좁을 뿐, 실제로 발을 디디니 옆으로 이동할 때마다 새로운 계단이 있었다. 좀 전 라미의 눈에 보이지 않았을 뿐이었다. 한마디로, 이 넓은 세상만큼 넓은 계단이었다. 이전 설명처럼 인심 없이 좁은 계단이 아니라 인심이 아주 후한 바로 그런 계단. 라미는 이곳 현상을 이내 파악하고 모든 불안과 공포, 두려운 마음을 접고 천천히 계단을 내려가기 시작했다. 한 계단, 한 계단.

10장

빛이
저기 있다

1

몇 계단 내려오니 또 하나의 문이 라미를 기다리고 있었다. 라미와 문과 친밀함의 간격이 약 10m가량 남았을 때 맨 아래부터 문이 묵직한 소리를 내며 올라가기 시작했다. 라미는 자신의 키만큼 문이 올라갔을 때, 주저하지 않고 문을 통과하기 위해 앞으로 걸어 들어갔다. 문이 라미의 뒤쪽에 서게 되었을 때, 라미는 왼쪽에서 볼펜으로 탁자를 치는 두 번의 소리에 고개를 그쪽으로 돌렸다. 코 아랫부분만 보이는 큰 삼각 모자를 쓴 존재가 책상에 앉아 있었다. 라미가 궁금해하기도 전에 그 존재는 라미에게 낮고 침착하며, 듣기만 해도 편안함을 주는 어떤 마력을 지닌 목소리로 말했다.

삼각 모자를 쓴 존재: 잠시 이리로 오시오.

라미는 천천히 그에게 다가갔다. 삼각 모자를 쓴 존재는 라미에게 의자를 가리키며 앉으라는 의미의 손동작을 했다. 라미는 침착하게 의자에 앉았다. 그 존재는 라미에게 가까이 오라는 손짓을 했고, 라미는 상체를 그 존재에게 좀 더 가까이했다. 라미는 이제 자신이 해야만 하는 것은 이곳 세상에서 일어나는 일을 따르는 것뿐임을 알았기에 어떤 거부도 없이 그렇게 하였다. 라미가 자신에게 상체를 가까이 다가가도록 만들자, 그 존재는 천천히 자신의 오른손 옆에 있는 돋보기 같은 형태의 물건(이후 돋보기로 하자)을 오른손으로 잡아 들어 올렸다. 그리고 왼손으로는 라미의 오른쪽 눈을 위아래로 잡아당기며 라미의 눈이 크게 떠지도록 하였다. 이후 오른손에 들린 그 돋보기가 라미의 눈에 바짝 붙여졌다. 라미는 순간 흠칫 놀랐지만 그대로 숨죽이고 있었다. 삼각 모자를 쓴 존재는 돋보기에 비친 라미의 눈동자를 세심하게 관찰하였다. 오른쪽 눈과 왼쪽 눈 모두 이 과정을 거쳤다. 삼각 모자를 쓴 존재는 돋보기를 책상 위에 살그머니 내려놓고 라미를 향해 말했다.

삼각 모자를 쓴 존재: 눈을 보니 슬픈 기억들의 찌꺼기가 아직 남아 있어. 이러면 이 길을 통과하기가 힘들겠군. 기억들이 많이 정화되었지만 찌꺼기가 여기저기 흩어져 있소. 이것들은 곧 길을 가는 사이 다시 뭉쳐 버릴 것이오. 그렇다면 당신은 이곳의 고통을 그대로 느끼게 되고, 주파수도 맞지 않아 결국 사라지게 될 것이오.

라미: 안 돼요. 저는 가야 됩니다. 가게 도와주세요.

이렇게 말하며 눈물을 글썽거렸고, 이내 라미가 눈을 한 번 깜빡하자 기다렸다는 듯이 미끄럼틀에서 대기하고 있는 아이처럼 눈물이 볼 쪽으로 재빨리 흘러내렸다.

삼각 모자를 쓴 존재: 눈물이 남은 걸 보니 생각보다 찌꺼기가 많은데.

그렇게 혼잣말을 했다. 그리고는 이어서 다음과 같이 말했다.

삼각 모자를 쓴 존재: 또 하나 문제가 있소. 이곳의 기억들이 고스란히 당신의 눈동자에 저장되어 있소. 매우 강한 선으로 저장된 걸 보니 매우 즐거웠던 모양이오. 그러나 이곳의 기억은 한 줄도 밖으로 가지고 나갈 수 없소. 만일 그것들이 사라지지 않는다면 당신은 영원히 없는 존재가 될 것이오.

라미: 제발요, 제발 도와주세요.

라미는 그렇게 말하며 두 손을 모아 삼각 모자를 쓴 존재에게 자신의 간절함을 전했다.

삼각 모자를 쓴 존재: 걱정 마시오. 나도 부탁을 받고 준비해 둔 게 있으니. 자, 이걸 마시고 가시오.

라미는 흐르는 눈물을 그대로 흐르도록 둔 채 삼각 모자를 쓴 존재에 온전히 집중하고 있었다. 그는 왼쪽 서랍에서 무언가를 꺼냈고, 라미 눈에 들어온 그 물체는 손바닥 크기만 한 유리병에 든 보라색 액체였다. 그가 유리병을 라미 앞에 내려놓자, 보라색 액체는 좌우로 다소곳하게 찰랑찰랑하며 라미에게 인사했다. 라미는 천천히 손을 뻗어 유리병을 잡았고, 막혀 있던 코르크를 열었다. 코르크가 유리병에서 떨어지자마자 진한, 너무도 진하고 향긋한 꽃잎의 냄새가 라미의 코를 덮쳤고, 그 향이 너무 진한 탓에 라미는 숨을 들이쉬자마자 정신이 빛의 속도로 나갔다 들어오는 느낌을 받았다. 라미는 정신이 들었을 때 얼른 고개를 좌우로 흔들고는 코를 막고 유리병을 입으로 가져갔다.

삼각 모자를 쓴 존재: 코에서 손을 떼시오. 그 향이 코를 통과해야 하니 그대로 숨을 쉬며 들이키시오.

라미: 네, 그렇게 할게요.

라미는 여러 번 호흡하여 그 강한 냄새에 코가 적응하도록 만든 다음, 천천히 보라색 물을 마셨다. 물은 마시자마자 목구멍에서 고체가 되는 느낌이 들더니 이내 식도를 따라 내부로 들어가는 느낌을 라미에게 그대로 전달했다. 큰 덩어리를 잘못 삼킨 것처럼 무서웠지만, 라미는 가만히 눈을 감고 그 느낌을 느꼈다. 고체 덩어리는 라미의 온몸을 돌아다녔다. 라미는 무서웠지만 고통은 크게 느껴지지 않아 견디고 있었다. 그 고체 덩어리가 라미의 척추를 따라 목 뒤쪽으로 가서 라미의 목과 뒤통수 사이에서 신나게 놀아 재끼더니 라미의 오른쪽 어깨 위에 멈추었다. 겉으로 보면 라미의 어깨에 주먹 하나 정도의 혹이 나 있는 것만 같았다. 그 혹들은 갑자기 쑥 어깨에서 빠지더니 라미의 눈 쪽으로 옮겨 갔다. 라미의 눈동자가 갑자기 사정없이 동서남북 사방으로 움직이기 시작했다. 라미는 그때 심한 현기증을 느꼈고, 곧 라미의 두 손은 머리를 움켜쥐는 것에 사용되었다. 라미는 고통스러운 비명을 지르며 의자에서 넘어졌다. 그리고 바닥을 뒹굴기 시작했다. 라미의 몸에서 어떤 일이 벌어지는지, 라미는 매우 큰 고통 속에서 울부짖었다. 그리고 어느 누구도 라미를 도와줄 수 없었다. 울부짖는 라미의 울음소리와 함께 삼각 모자를 쓴 그 존재는 모자 끝부터 서서히 연기의 형상이 되어 사라져 갔다. 라미는 혼자서 극심한 울음과 고통, 두려움과 함께했다.

그러나 모든 것은 흘러서 변한다는 법칙이 이 세계에서도 통했다. 라미의 울부짖는 소리 또한 서서히 잦아들더니 곧 멈추었다. 그리고 위쪽을 바라보고 누운 라미의 몸이 유리관처럼 투명하게 변했다. 라미는 꼼짝도 하지 않았다. 보이는 것은 라미의 몸 구석구석을 돌아다니는 보라색의 액체였다. 이것은 위에서 드론을 타고 본다면 아주 넓은 강물에서 보랏빛 물이 평화롭게 흐르는 모습처럼 보였다. 보라색 액체는 라미의 온몸으로 흐르고 있었다. 유리관 같은 라미의 몸에서 흐르는 보랏빛 액체는 사실 라미의 고통과 상관없이 너무도 아름다웠다. 보랏빛 액체는 머리부터 발끝까지 그들의 움직임의 법칙을 따라 계속 순환하고 있었다. 그러더니 갑자기 한곳으로 모이기 시작했다. 그곳은 라미의 두 눈이었는데, 그 액체들은 라미의 두 눈에 자리를 잡고 회오리처럼 빙글빙글 돌기 시작했다. 얼마쯤 이렇게 회오리가 쳤을까? 보랏빛 회오리는 자신의 일이 모두 끝났는지 점점 색이 없는 투명한 액체가 되어 라미의 두 눈을 통해 빠져나왔다. 이 모습은 마치 라미가 눈물을 흘리는 것처럼 보였다.

역시 모든 것에는 끝이 있는 법이다. 액체의 흘러내림도 드디어 끝이 났다. 라미의 누워 있는 역할도 이제 끝이 났나 보다. 라미는 갑자기 몸을 옆으로 일으키고는 바르게 섰다. 무릎을 탈탈 털면서 일어난 라미의 얼굴은 매우 창백했으며, 맑았다. 무엇보다 라미의 눈빛은 매우 깊었으며 그 눈빛 속에 깊은 바다와 넓은 하늘이 함께 있는 듯 신비로웠다. 라미는 아무 일도 없다는 듯 일어났고, 라미는 갑자기 앞으로 걸어갔다. 한 다섯 발자국 걸어가자 바람 소리가 가볍게 나더니 다시 계단이 보이기 시작했다.

2

어둠이 라미를 감싸고 있었다. 라미는 다시 만난 계단을 하나둘 내려갔다. 그리고 계단을 세기 시작했다. 한 계단, 두 계단, 세 계단, 네 계단, 다섯 계단. 여섯, 일곱, 여덟, 아홉, 열, 스물, 서른, 마흔… 백. 라미의 계단 세는 소리가 멈추었고, 라미는 이제 세는 것 자체가 의미가 없다는 표정을 하고 있었다. 그저 계단은 그렇게 의미 없이 널려 있을 뿐이었다. 세는 것 자체가 의미가 없었다. 왜냐하면 셀 수 없기 때문이다. 끝이 보여야 세는 법이다. 끝이 보이지 않으면….

라미는 이미 세는 것에는 의미가 없다는 것을 깨닫고는 셈을 포기했다. 그리고 그저 보이는 계단을 천천히 내려갔다. 누구도 없었기에, 또한 아무것도 없었기에 열심히 계단에만 집중하며 길을 떠났다. 주위는 암흑이고 어떤 소리도 들리지 않았다.

몇 계단을 내려왔을까? 계속 반복되는 이 행위로 라미가 느끼는 것은 오로지 외로움이었다. 누군가가 대답해 주기를 바랐다. 그것이 정말 어이없는 대답이라도 말이다. 사람의 소리가 듣고 싶었다. 사람의 소리 말이다. 라미는 소리쳤다.

라미: 아 아아아!

그저 그뿐이었다. 라미는 오랫동안 걸었다. 물론 얼마나 오랜 시간인지는 누구도 알 수 없었다. 그러나 라미는 알 수 있었다. 지루함의 극을 넘는 시간임을. 자신의 인내심의 극을 넘는 시간임을. 그러나 끝은 알 수 없었고, 변화도 알 수 없었다. 인내심의 극을 넘는 시간이 와도 그 어둠의 세상은 변하지 않았다. 그곳을 견디기 위해서는 단지 라미가 그곳의 흐름을, 그리고 그곳의 주파수를 읽는 것뿐일지도 모른다. 그것쯤이야 라미도 이제는 알 수 있었다. 그래서 라미는 자신이 타잔인 양 소리쳤다.

라미: 아아아!

라미는 대답 없는 계단을 똑똑 두드렸다. 그리고 물었다.

라미: 너는 누구니?

계단은 대답이 없었다.

라미: 그럼 나는 누굴까?

계단은 여전히 대답이 없었다.

라미는 한 계단, 한 계단 어두운 계단을 내려올 때마다 극심한 외로움을 느꼈다. 들리는 것은 라미의 발자국 소리뿐이었다. 들리는 것은 라미가 숨을 들이쉬고, 내쉬는 소리뿐이었다. 라미가 아무리 "여보세요?"라고 물어도 아무도 대답하지 않는 세상이었다. 홀로 있는 것이 이토록 괴로운 줄 라미는 이전엔 알지 못했다. 곁에는 늘 누군가 있었다. 라미가 원하지 않아도 말이다. 그러나 여기, 이곳, 아무리 아무리 원해도 아무도 없다.

누군가의 대답을 기대하는 그 자체도 지겹다는 생각이 라미를 덮쳤다. 라미는 스스로 묻고 답했다. 어떤 질문도 어떤 대답도 라미에겐 이미 무의미했다. 라미의 질문을 듣는 사람은 라미뿐이고, 대답하는 자는 아무도 없었다. 라미는 지극히도 깊은 외로움을 느꼈다. 이 깊은 계단이 언제 끝날지가 두려운 것이 아니라 이 외로움이 언제까지 지속될지 라미는 궁금했다. 극적으로, 매우 극적으로 라미는 외로움을 느꼈다. 이 시간이 영원히 지속된다면? 라미는 이 물음에 머리를 흔들었다. 그것은 실제 일어나지 않았다 하더라도 상상조차 하기 힘들 정도로 괴로운 일이기 때문이다. 그러나 변화는 없었다. 어둠은 계속되었고, 라미가 누군가를 향해 물을 것도, 그것에 대해 대답할 어떤 존재도 없었다. 그리고 나타날 조짐? 그것은 더더욱 없을 듯했다. 끈질긴 라미, 희망을 가지고 몇 번의 시도를 한 라미는 이제 아무렇지도 않았다. 아무도, 아무도, 아무도 라미의 질문에 대답하지 않으리라는 것을 라미는 알았다.

그리고 라미는 다음 세상에 진입했다. 더 이상 이길 것도 버릴 것도 없을 것이라는 라미의 자만심은 이내 꺾여 버렸다. 라미가 그 외로움을 안고 무거운 발걸음을 다음 계단에 내디뎠다. 그런데 어느 순간 그 암흑의 세계는 엄청나게 차가운 세상으로 변해 있었다. '모든 것은 변한다.'라는 우주의 진리가 발동한 것인가? 그렇다. 그 암흑의 외로움도 어느샌가 변해 있었다. 그러나, 그러나, 그러나. 그 변화 또한 괴롭도록 고통스럽다. 그 변화 또한 반갑지 않은 그 심정은, 그

참담한 심정은 참으로 잔인하다. 너무도 차가운 세상에 돌입한 라미는 움직이는 것이 두려울 정도였다. 자신의 팔이 움직이면 그대로 얼어 부서질 듯했다. 라미는 다음 발걸음을 내딛기를 망설였지만, 이내 발걸음을 떼어 다음 계단을 내딛었다. 세찬 바람이 라미의 통통하게 보기 좋은 볼살을 내리 깎고자 하는 의도를 가진 듯이, 덤비듯 몰아쳤다. 라미는 아픔을 느꼈다. 이 고통에 진입하자 라미는 이제 모든 것을 내려놓았다. 이 모든 것이라는 것은? 정말로 말 그대로 모든 것이다. 라미는 어떤 생각도 들지 않았다. 자신이 어디로 가고 있는지도, 내가 지금 어디에 있는지도, 내가 원하는 것이 무엇인지도, 나는 누구인지도. 어떤 질문도 지금 라미에게는 중요하지 않았다. 라미는 그저 아팠다. 발가락 끝은 얼음장 같이 차가운 바닥에 반복적인 접촉으로 건조해졌다. 그 건조함은 서로 친하게 엉겨 붙어서 하나의 조직을 형성하고 있던 살을 일시에 분리시켰다. 분리된 그 살과 살 사이에서 어떤 액체가 흘러나왔다. 그것은 인간에게는 생소한 검은색 물체였다. 피처럼 맑은 듯한 느낌의 그 검은색 액체는 한 계단, 한 계단 내려갈 때마다 라미의 발자국을 만들어 주었다. 라미는 이 추위에 이대로 공격당하는 것이 못마땅한지 있는 힘껏 목청의 힘을 받아 소리쳤다.

라미: 이 세상이 나에게 고통을 주니!

그리고 이어서 말했다.

라미: 나는 괴로워.

한 계단을 내려오며 말했다.

나의 길은 어디일까?

이곳이 맞는 걸까?

누구도 가르쳐 주지를 않네.

난 지금 여기 지쳐 쓰러지고 싶다.

그러나 저기, 저기 누군가 손짓하네.

환청의 소리가 들리네.

여기, 여기 다 왔다고.

이제 다 왔다고.

나는 지금 어디에 있나?

나는 지금 어디로 가고 있나?

저기 어딘가 빛이 있겠지.

10장. 빛이 저기 있다

라미는 아무렇게나 떠들어 댔다. 그것이 그나마 라미의 고통을 덜어 주는 하나의 의식인 듯했다. 라미의 경직된 얼굴은 서서히 햇빛에 녹는 아이스크림처럼 긴장이 녹아내렸다. 라미는 갑자기 두 팔을 벌렸다. 발에는 계속해서 검은색 액체가 흘러나왔다. 라미는 엄청난 따가움을 느꼈지만 멈추지 않았다.

라미는 두 팔을 잠시 가슴으로 접었다가 다시 크게 펼쳤다. 그리고 하늘, 즉 위를 바라보았다. 암흑이, 그 어둡고 캄캄한 허공이 라미의 눈을 맞이해 주었다. 라미의 벌어진 두 팔의 살도 점점 분열을 일으키기 시작했다. 모든 것을 얼어붙게 만들 듯한 차가움은 라미의 온몸을 공격했다. 서서히 라미의 살이 터지기 시작했다. 터진 살 사이에서는 검은색 피, 그래 이제 피라고 하는 것이 나을 듯하다. 그 검은색 피가 흘러나왔다. 간혹 자세히 보면 검붉은, 또는 진보랏빛이 검은색과 엉켜 있기도 했다. 라미는 서서히 그 찢어지는 고통의 반복에 싫증을 느꼈다. 아픔도 싫증이 있다니. 그렇다, 라미는 그 고통을 똑같이 느끼고 싶지 않았다. 그냥 그것은 고통이고 아픔이었다. 어린 라미지만 이대로 여기서 멈추고 싶다는 생각이 일어났지만 라미는 계속해서 걸었다. 온몸이 물감처럼 흘러내리는 피들에 범벅이 되었다.

라미는 이제 포기하기에는 너무 늦었다고 생각했다. 그건 이 고통의 흐름이 라미와 하나가 됐다는 의미이지 않을까? 라미는 이제 분리하려고 하지 않았다. 라미는 그대로 흐름을 따라갔다. 아프고, 찢어지고, 고통스러웠다. 라미는 아픈 소리를 내기도 했다. 계단은 계속 이어졌다. 그것이 견디기 힘들었다. 계단은 끝이 없어 보였다. 찢어지는 차가움의 고통은 라미의 얼굴도 공격했다. 서서히 이마가 터지기 시작했고, 라미의 이마와 볼에서도 검붉은, 검보라색의 피가 흐르기 시작했다.

라미는 눈으로 흘러 들어가는 불편한 피를 닦아 내었다. 몇 번이나 닦아 내는 행동을 반복하는데, 순간 라미의 눈에는 별똥별로 착각이 드는 빛을 보았다. 그 빛을 보고 라미는 갑자기 뭔가 결심한 듯 제자리에 섰다. 그리고 두 팔을 공작새의 날개처럼 넓게 펼치고는 크게 숨을 들이마셨다. 더 이상 숨이 들어찰 공간이 없음을 느낀 라미는 숨을 참았다. 자신의 몸이 빙글빙글 돌고 있는 듯한 느낌이 들었다. 라미는 조금 더 숨이 밖으로 나갈 수 있도록 허락하는 것을 멈췄다. 몸은 더욱더 돌고 도는 것만 같았다. 라미는 이제 때가 되었다는 듯 눈을 부드럽게 뜨고 숨을 참기 위해 다물었던 입을 조금씩 풀면서 갇혀 있던 숨을 밖으로 내보내기 시작했다. 그리고는 자신의 몸을 허공에 날렸다. 마치 침대라도 있는 듯 편안하게 자신의 몸을 날렸다. 라미의 표정 또한 엄마 품에 잠든 아기의 표정처럼 평온하고 여유로웠다.

참으로 신기하게도 라미가 허공에 몸을 던지자 빠른 속력으로, 아래로 100m 정도 떨어지더니 다시 라미의 온몸이 둥실둥실 떠오르기 시작했다. 바람이 안아 준 것인지, 공기가 안아 준 것인지 라미는 그 허공의 품에 안겼다. 라미의 팔이 힘없이 축 늘어졌다. 라미의 팔은 늘어졌고 머리카락은 하늘하늘거렸다. 라미의 등 뒤에서 날개가 뻗어 나오기 시작했다. 그 날개는 라미를 받들고 훨훨 날았다. 어디론가 훨훨 날았다. 라미는 훨훨 날았다. 눈을 감은 라미는 모든 것을 잃은 하나의 목소리로 속삭였다.

감사합니다.

이 모든 일이여.

사랑합니다.

이 모든 일이여.

내가 지금 어디로 가야 하는지 몰라도

당신을 만나러 저는 지금 가고 있어요.

조금만 기다려 주세요.

저는 곧 도착할 거예요.

감사합니다.

사랑합니다.

당신을 사랑합니다.

라미는 훨훨 날아 계단을 내려갔다. 허공에 두둥실 떠가는 라미의 온몸에서 피가 흘러내려 계단 하나하나에 자국을 남겼다. 라미는 두 둥실 떠 있는 자신의 몸을 느꼈다. 자신의 몸에서 뭔가가 흘러 나가 는 느낌 또한 고스란히 느꼈다. 살은 계속해서 찢어졌다. 라미의 형 상은 이제 누가 봐도 알아보지 못할 지경이었다. 라미는 모든 것을 잊었다. 어떤 생각, 어떤 말, 어떤 느낌.

그리고 라미는 빛을 보았다. 저기 먼 곳에 점 하나와 같은, 너무도 오랫동안 만나지 못했던, 그래서 이미 잊어버렸던 반짝임이 있었다. 라미는 순간 그 빛을 향해 손을 뻗었다. 피로 범벅이 된 손이 빛을 잡으려 뻗어 내는 그 움직임은 언젠가는 그 손이 빛에 닿을 것이라 는 간절함이 잔뜩 묻어 있었다. 라미는 애써 힘껏 외쳤다.

라미: 감사합니다. 저를 데려가세요. 사랑합니다. 저를 잡아 주세요.

날개는 그 빛과 라미가 가까워지도록 라미를 안고 빛 쪽으로 훨훨 날았다. 점과 같았던 빛은 눈을 태울 듯한 눈부심으로 타오르더니 빛의 속도로 라미를 집어삼켰다. 빛의 속도로. 이후 우리(해설자 또한)는 그저 라미의 비명이 들리는 듯한 환상을 지닐 수 있을 뿐, 어떠한 소리도 들을 수는 없었다.

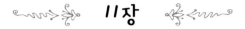

11장

사랑이 가득한 곳에서
다시 태어나다

．．．

"자장, 자장, 우리 아기. 잘도 잔다, 우리 아기."

희미하다가 점점 선명하게 들리는 이 소리에 라미는 실의 한 줄보
다 더 얇은 듯 가늘게 눈을 떴다. 라미 눈에 들어온 것은 어디서 많
이 본…. 기억이 가물가물하지만 어디서 많이 본 듯한 가녀리고 아
리따운 여성의 얼굴이었다. 라미는 어떤 벅찬 가슴을 이기지 못하고
울음을 터트렸다. 왜 우는지, 울어야 하는지, 아무런 생각 없이 라미
는 울음을 터트렸다. 그냥 라미는 울고 싶었다.

"앙앙!"

갑자기 아이(누워 있는 길이로 봤을 때 갓난아기는 아닌 것 같았다. 살짝
벽에 걸린 사진들을 훑으니 그중 3개의 양초가 켜진 피아노 모양의 케이크 앞

에서 웃고 있는 사진이 눈에 띈다. 그 사진으로 보면 이 아이는 대략 3살이라고 생각해 볼 수 있겠다.)의 울음소리가 온 집을 꾸며 버렸다.

가녀리고 아리따운 여성의 목소리: 어머, 갑자기 왜 이러지?

가녀리고 아리따운 여성은 아이가 울자 그 가녀린 팔로 아이를 안아 올려 자신의 가슴에 안고 몸을 일으켰다. 그녀의 품은 정말로 따뜻하다고 라미는 생각했다. 그리고 그녀가 만들어 내는 흔들림은 라미의 모든 긴장을 바깥으로 내동댕이치도록 안내했다. 라미는 곧 더 길게 울 힘도, 실눈으로 버틸 힘도 사라져서 다시 눈을 감을 수밖에 없었다. 그리고 울기 위해 벌렸던 입도 더 이상 버틸 수가 없어 조용히 닫을 수밖에 없었다. 다행히 귀는 어떤 근육의 힘이 필요 없는 탓인지 아주 세세하게 모든 소리를 들을 수 있었다.

가녀리고 아리따운 여성은 아이가 완전히 잠들 때까지 아이를 안고 조용히 노래를 불러 주며 방을 가벼운 걸음으로 걸어 다녔다.

가녀리고 아리따운 여성 목소리: 라미 이제 잠들었네. 오늘 너무 무리해서 놀더니 피곤했나 보네.

가녀리고 아리따운 여성은 아이가 완전히 잠든 것이 분명하다는 확신이 들자(실제로 라미가 완전히 잠든 것은 아니었다) 안고 있던 아이를 침대에 조심스럽게 내려놓았다. 그리고 이불을 아이의 가슴까지 덮어 주었다. 가녀리고 아리따운 여성은 아이의 볼에 사랑스러운 입맞춤을 남기고 아이의 곁에서 일어나 방문을 열어 둔 채 어딘가로 걸어갔다. 구조를 보니 거실 쪽으로 걸어가는 듯했다.

가녀리고 아리따운 여성 목소리: 라미 잠들었어요, 여보. 오늘 낮에 자기 연주 들으며 너무 심하게 춤추고 놀더니 피곤했나 봐요. 참, 오늘 떠올랐다는 아까 그 곡 마저 연주해 줘요. 라미는 이제 잠들었으니 내일 아침까지는 끄떡없어요. 당신 연주 들으면서 꿈에서도 춤출지도 모르겠네요.

그녀의 이 말이 끝나자 거실과 연결된 주방 식탁 앞에서 굵고 낮은 남자의 목소리가 들려왔다.

굵고 낮은 남자 목소리: 수고했어, 여보. 그리고 아까 어땠어, 여보? 낮에 라미와 노는데 갑자기 라미가 내 눈을 뚫어지게 쳐다보더라고. 그러면서 어찌나 사랑스럽게 생글생글 웃던지 서로 한

참을 그렇게 눈만 보고 놀았어. 그런데 갑자기 라미의 눈동자를 보는데 이 곡이 떠오르는 거야. 라미의 눈동자가 뭔가 나에게 음표를 던지는 것 같았지.

이렇게 말한 그는 손에 들고 있던 와인잔을 식탁 위에 내려놓고는 피아노 쪽으로 걸어갔다. 그 남자는 거실 중앙의 그랜드 피아노 앞에 앉더니 약간은 흥분이 자리 잡은 눈빛으로 피아노 건반을 바라보았다. 그리고 몇 개의 건반을 손가락으로 눌러 소리를 확인하더니 열정이 타오르는 눈빛으로 그 가녀리고 아리따운 여성을 바라보았다. 그녀는 좀 전에 그 남자가 식탁 위에 내려놓은 와인 잔을 들어 한 모금 마시면서 그 남자에게로 걸어가고 있었다. 그런 그녀에게 그 남자는 두 팔을 넓게 펼쳐 보이며 사랑이 가득한 눈빛을 보냈다. 그리고 말했다.

굵고 낮은 남자 목소리: 자, 어서 이리 와서 들어 줘요. 내 사랑하는 천사!

이야기를 마치며

이 사랑스러운(나 스스로는 그렇게 말하고 싶다) 이야기는 나를 늪에서 숲으로 이끌어 준 이야기이다. 나만의 세상이 무너진 듯 힘든 시절이 있었다. 일, 인간관계, 돈, 이성 문제, 정신 등. 이 모든 것이 나에게서 서로 약속이라도 한 듯 떠나 버리고 나는 홀로 남았었다. 정신적 피폐함과 늘 모든 것을 끝내고 싶은 유혹과 하루하루 싸워야만 했다. 그러던 어느 날, 두 장의 타로카드가 나를 그 어둡고 축축하고 지저분한 늪에서 밖으로 나갈 수 있는 길로 안내해 주었다.

　고통의 공기를 마시며 늘 하루하루를 버티던 어느 날, 나는 『트랜서핑』이라는 책을 만났고, 트랜서핑 타로카드를 알게 되었다. 그 타로카드 중 분홍빛 쌍둥이 카드를 보는 순간 나는 알 수 없는 친근함을 느꼈고, 그 카드에게 빠져들었다. 그 카드를 본 후, 나는 길을 가다가도 눈에 띄지 않는 구석진 곳이나 작은 구멍들에 눈을 돌리기 시작했고, 그곳에 실제로 분홍빛 쌍둥이가 있을지도 모른다는 상상을 하게 되었다. 아니, 실제로 산타클로스를 믿는 어린아이처럼 분홍빛 쌍둥이가 분명히 존재한다고 믿었다. 그 분홍빛 쌍둥이를 만나면 나는 이 지옥 같은 하루의 연속에서 벗어날 수 있다는 생각을 가졌고, 나는 그들을 찾기 시작했다. 그러나 슬프게도 만날 수는 없었다. 그들을 찾아야만 내가 이 감옥에서 탈출할 수 있을 거라는 생각이 간절했지만, 그런 꿈은 이루어지지 않았다. 그러다 나는 내 눈에 띄지 않는 그들을 찾는 하나의 방법을 찾아냈다. 바로 내가 그들을 탄생시키는 것이었다. 그들에게서 정답을 찾아내야 했기에 나는 그들이 필요했고, 그들을 만나야만 여기서 벗어날 수 있다고 확신했다. 나는 라미라는 어린 존재를 등장시켜 분홍빛 쌍둥이를 찾아 나섰다. 그때부터 분홍빛 쌍둥이를 찾아 떠나는 여행이 시작되었고, 그러는 과정에서 두 번째 장미 타로카드를 만나게 되었다. 그 카드를 보면서 나는 라미를 장미의 세계로 들여보냈다. 나는 그 세계에서 이 고통에서 빠져나가는 열쇠를 발견할 수 있다고 생각했다. 그런데 실제로 분홍빛 쌍둥이를 따라가며 장미를 만난 이후의 이야기를 이어가면서 나는 서서히 나의 치유의 열쇠를 찾아 가기 시작했다. 그래서 나는 이 두 카드에 대한 감사의 뜻으로 제목을 '분홍빛 쌍둥이'라고 정했으며, 이 장미의 캐릭터도 바꾸지 않았다. 이 두 카드는 나를 데리고 새로운 세계를 볼 수 있도록 이끌어 준 너무나도 소중한 존재이기 때문이다.

이 소설이 완성된 지금, 나는 이 여행이 나의 상상이라고 생각하지 않는다. 나는 내면의 여행을 통해 라미와 같은 경험을 했고, 이 소설 속에 나오는 존재들을 만났다. 지금 나는 늪, 그 어둡고 축축하고 외로운 곳에서 빠져나왔고, 지금, 지금, 지금 이 소중한 지금, 이곳에 있다.

내가 이 이야기를 독자들에게 전하는 목적은 단 하나이다. 바로 '치유'이다. 내가 경험한 것처럼 말이다. 나는 이 이야기를 어디선가 홀로 외롭고 어두운 늪에서 숨죽여 울고 있는 어떤 이를 위하여 조용히 건네 보고 싶다. 이 책이 내미는 손을 잡고 천천히, 천천히 그 늪에서 걸어 나오길 나는 바랄 뿐이다. 치유는 누군가 해 주는 것이 아니라 내 안에서 이미 일어나고 있으며, 나의 내면만이 나를 치유할 수 있다는 것을 이 이야기가 알려 주었다. 우리 이 존재, 거대한 '나'라는 존재는 이미 그런 힘을 가지고 태어났다는 것을 나는 알게 되었다. 우리는 그 힘을 발견하지 못하고, 믿지 않고 있을지도 모른다. 모를 뿐이다.

날개가 반드시 내 안에 존재함을 믿는다. 나는 그것을 분홍빛 쌍둥이를 따라간 후 알게 되었다. 분홍빛 쌍둥이를 따라간 여행. '치유', 그 신비로운 현상이 바로 내 안에서 이루어진다.

사랑이 가득한 곳에서 우리도 다시 태어난다.

언젠가 나는 다시 어두운 늪의 문 앞에 있을지도 모른다. 그때, 다시 나는 분홍빛 쌍둥이를 따라 여행을 떠날 것이다.

나의 이야기를 들어 주는 모든 사람에게 감사를 전하며 이 이야기를 마친다.